Opticon Tessour
(1950-2049)

philosophe et président
de la République française

Joël Carobolante

Opticon Tessour
(1950-2049)
philosophe et président
de la République française

© 2023 Joël Carobolante

Édition : BoD – Books on Demand, info@bod.fr
Impression : BoD – Books on Demand, In de Tarpen 42,
Norderstedt (Allemagne)

Impression à la demande

ISBN : 978-2-3224-6317-6
Dépôt légal : mars 2023

À toutes les Françaises

À tous les Français

À tous les humanistes du monde entier

I

Prologue

1er avril 2049

Nous sommes le 1er avril 2049.

C'est le jour dit du poisson d'avril, mais je n'ai vraiment pas le cœur à en faire un. Hier, la veille de son 99e anniversaire, le président Opticon Tessour s'est éteint paisiblement dans son lit, alors qu'il allait entrer dans sa centième année.

Le décès de notre ancien président me touche profondément. Je l'ai connu alors qu'il était encore inconnu et qu'il vivait quelque peu retiré du monde, tel un ours solitaire cherchant sa voie. Il m'avait fait l'honneur de me demander de préfacer ses deux premiers livres. Par la suite, quand il s'est intéressé à la politique, nous nous sommes moins vus, sans jamais pour autant perdre le contact.

Ses deux mandats (2037-2042 et 2042-2047) auront marqué l'histoire, de même que sa touchante personnalité, sa profonde sagesse. Nul doute que l'on se souviendra longtemps de lui.

Chacun connaît le parcours de notre ancien président. Faut-il ici en rappeler les principales étapes ? Faire un éloge funèbre traditionnel ?

Opticon Tessour a été un des grands témoins de son temps, du mitan d'un siècle à l'autre. Il a vu, observé et agi. Alors oui, il faut raconter sa vie, redire ce qu'il a dit, expliquer, démontrer pourquoi sa pensée lui survivra, pourquoi, finalement, Opticon Tessour ne nous quitte pas, ne peut pas nous quitter. Tel est le but de ce livre.

Je vous rappellerai tout d'abord quels furent les principaux faits marquants de sa vie, du moins surtout depuis 2033. Opticon Tessour s'était en effet confié cette année-là au journaliste Pierre Pratlong. Il lui avait raconté sa vie – une vie qui devait le mener là où l'on sait. Pour la période antérieure à 2033, dont je traiterai fort peu, on se référera donc au livre qui en a résulté : « Élisez-moi à l'Élysée ». Je traiterai ensuite de ce que l'on appelle communément la philosophie tessourienne, soit la philosophie d'Opticon Tessour, et donc de ses enseignements, de sa sagesse, de ce que nous pouvons en retenir pour nos propres vies. Opticon Tessour ne se prenait pas lui-même pour un philosophe, mais il était perçu comme tel.

Pour finir, je traiterai de l'avenir de ce qui porte aussi son nom, à savoir le tessourisme, soit la politique qu'il a menée quand il était à la tête du pays.

Maintenant qu'il n'est plus là, que restera-t-il de lui, de la philosophie tessourienne et du tessourisme ? C'est ce que nous essaierons de voir.

II

Les origines

Chacun sait qu'Opticon Tessour ne s'appelait pas vraiment ainsi. Comme il s'était déjà expliqué sur l'origine de son nom dans son premier livre, nous n'y reviendrons pas. Nous continuerons ici de l'appeler ainsi, même si ce n'était pas son nom officiel. Après tout, nul ne l'appelait guère autrement. Il ne s'en offusquait pas lui-même, bien au contraire. C'était sa marque de fabrique, qui l'obligeait à accepter sa destinée avec humilité pour lui-même, et compassion pour les autres. Du moins, le ressentait-il comme cela.

Né à Toulouse le 1er avril 1950, Opticon Tessour n'était pas promis à une grande carrière politique, ni à une grande carrière tout court. Seule sa date de naissance était quelque peu originale. Enfant plus ou moins sage d'une famille ouvrière, puis petit fonctionnaire obscur, il ne s'est révélé que sur le tard, par ses livres et sa présence sur les réseaux sociaux.

En 2027, lors de la campagne pour l'élection présidentielle, l'idée lui vint qu'il eût pu en faire partie. Non par vaine gloire, mais parce qu'en écoutant les candidats, en réfléchissant à leurs propositions, il se rendait compte que lui aussi avait des choses à dire, qu'il avait lui aussi des projets pour la France, qu'il pouvait avoir le caractère pour la présider, et puis, somme toute, qu'il ne ferait pas un président pire qu'un autre.

Chacun sait qui fut élu en 2027 (sauf peut-être les plus jeunes, 2027 c'est déjà si loin...), et ce qu'il advint par la suite. Pendant ce temps-là, Opticon Tessour rongeait son frein. Plus motivé que jamais, il se préparait pour l'élection suivante.

En 2031, le 1er avril comme il se doit, il annonçait sa candidature pour l'élection de 2032. Il se prépara à l'élection avec ferveur, étudiant les dossiers, rencontrant de multiples personnes, s'affichant sur les réseaux sociaux, étant présent partout, même là où on ne l'attendait pas. La conjoncture politique lui était favorable, malgré le fait qu'il n'eût pourtant aucun grand parti traditionnel pour l'appuyer. Les grands partis attiraient d'ailleurs beaucoup moins qu'autrefois, mis à part un nouveau parti écologiste qui avait alors le vent en poupe, dérèglement climatique oblige.

Ce fut la candidate de ce parti qui fut élue, juste devant Opticon Tessour, qui réussit quand même la prouesse d'être qualifié pour le second tour. Certes, Opticon Tessour avait lui-même beaucoup parlé d'écologie, mais à 82 ans il inspirait sans doute moins confiance à une bonne partie de l'électorat. Et puis, il avait eu en face de lui une femme susceptible de rassembler assez d'électeurs pour être élue. Et la France avait eu enfin sa première présidente ! Il était temps ! Presque un siècle après que le droit de vote ait été accordé aux femmes ! Un droit de vote qui lui-même leur avait été accordé bien après d'autres pays...

Malgré son âge, Opticon Tessour avait cependant incarné le renouveau lors de cette élection, car il n'était pas né dans la politique, il n'avait pas été biberonné à son lait, il n'y avait pas sali ses couches. Il avait incarné un homme neuf, propre, venu d'ailleurs, d'une autre planète, plus humaine, plus saine, plus vierge. Mais cela n'avait pas suffi alors pour lui assurer la victoire.

Les électeurs français avaient à peu près tout essayé sous la Ve République, de la gauche à la droite, en passant par le centre, et une dose d'extrême gauche et d'extrême droite. Fort heureusement, le système électoral avait empêché les extrêmes de récupérer tous les pouvoirs. Ni la droite, ni la gauche n'ayant laissé un souvenir impérissable, les électeurs avaient un temps choisi un habile candidat qui avait voulu rassembler tout le monde, mais après son dernier mandat, il avait cédé la place à un représentant d'une droite forte et quelque décomplexée. Trop sans doute, car le nouvel élu vit rapidement sa côte de popularité s'effriter, puis baisser de plus en plus jusqu'à la chute libre. La gauche ayant réussi à surmonter ses traditionnelles divisions, elle soutint unanimement la candidate écologiste qui l'emporta de justesse lors de l'élection suivante, en 2032, face à Opticon Tessour qui se présentait alors pour la première fois.

En fait de première fois, la nouveauté fut alors l'élection d'une femme à la présidence. Une femme relativement jeune, du moins par rapport à Opticon Tessour, une femme expérimentée et dynamique, et qui présentait sans doute mieux qu'Opticon Tessour – déjà 82 ans à l'époque.

Opticon Tessour, se retira pour sa part à la campagne afin de réfléchir à la situation. Il en profita pour écrire son livre « Élisez-moi à l'Élysée » qui sortit en 2033. Dans cet ouvrage, il s'imaginait à l'Élysée, esquissait des projets, sa vision de la France. C'était déjà tout un programme.

Beaucoup le croyaient cependant fini, vu son âge. Mais c'était sans compter sur sa pugnacité, ni surtout sur le fait que les circonstances allaient lui donner une seconde chance. Une session de rattrapage qu'il devait réussir.

Plusieurs personnalités politiques ont eu leur traversée du désert. Cela a duré plus ou moins longtemps. Pour Opticon Tessour, ce ne fut même pas un désert, juste un coin de France. Retiré un temps à Hyelzas, en Lozère, le département le moins peuplé, sur le causse Méjean, un vaste plateau calcaire, certes quelque peu désertique, Opticon Tessour savait que le temps travaillait pour lui. Confiant en son destin, il se préparait sans douter.

L'avenir était à lui !

III

Le premier mandat (2037-2042)

En 2033, Opticon Tessour avait déjà 83 ans, ce qui ne l'empêchait pas d'avoir encore de grandes ambitions, pour lui-même comme pour son pays. Cette année-là donc, Opticon Tessour officialisait sa candidature à l'élection présidentielle de 2037. Son presque succès de 2032 devait lui servir de tremplin pour la victoire. Pourquoi celle-ci ? Et pourquoi Opticon Tessour ? Parce que les esprits étaient mûrs, parce que le temps était venu, celui du changement, du renouveau de la vie politique, de la classe politique. Et aussi et surtout parce que les circonstances étaient favorables. Par un homme de 87 ans lors de son élection ?Assurément !

La politique est impitoyable – à moins que ce ne soit le peuple français. La popularité, d'ailleurs toute relative, de la présidente élue en 2032 ne dura pas. Il faut dire qu'elle eut à affronter pas mal de problèmes de toutes sortes, ceux liés au dérèglement climatique comme ceux liés à la situation économique et sociale. Elle sut y faire face, et redresser la barre, mais il était déjà trop tard : les électeurs ne surent pas reconnaître ses mérites. Opticon Tessour, qui l'affronta presque à regret, devait profiter de la situation, et tirer tous les bénéfices du redressement opéré par la présidente sortante. Ainsi va la vie politique : un élu peut faire quelque chose de bien et, au lieu d'en être récompensé, c'est quelqu'un d'autre que les citoyens élisent pour le remplacer. À tort ou à raison, mais évitons de polémiquer ! La campagne électorale fut fort courtoise, aucun des deux candidats finalistes ne voulant dénigrer son adversaire, ni ne cherchant à faire le buzz à tout prix. Chacun préférait plutôt convaincre les électeurs, de bonne foi et en toute cordialité, de ce qu'il croyait être bon de faire pour le pays. Du reste, on se rappelle tous ce qui se passa ensuite : à peine élu, Opticon Tessour proposa à la présidente battue de devenir sa Première ministre. Ce fut là une autre première fois sous la Ve République, sans même mentionner les régimes précédents. C'était en tout cas une bonne tactique politique : à eux deux, le président et sa Première ministre réunissaient ainsi cent pour cent des suffrages exprimés ! Tout séparait ces deux-là, et pourtant ils s'entendaient à merveille. Par son âge, Opticon Tessour eût pu être le grand-père de sa Première ministre. Alors que celle-ci avait des idées plein la tête, le président, lui, en vieux sage de la nation, était toujours là pour tempérer ses ardeurs. Mais chacun était avant tout conscient des intérêts de l'État et de ceux du peuple français.

La Première ministre se voulait écologiste, Opticon Tessour aussi, mais tempéré de réalisme. Il ne voulait pas non plus céder au catastrophisme, malgré la situation inquiétante de la planète. Il savait bien que l'homme, les médias adorent se faire peur. Après tout, cela fait le buzz et cela fait vendre. Mais les catastrophes avaient toujours accompagné l'histoire de la planète. Quand il disait que le réchauffement climatique libérait des terres cultivables au Canada et en Sibérie, sa Première ministre poussait des hauts cris – au sens figuré, il s'entend, car elle savait conserver son calme. De même, quand Opticon Tessour rappelait que Malthus, le père du malthusianisme, n'avait pas imaginé le progrès agronomique, ni la transition démographique, sa Première ministre restait sur ses gardes. Il lui rappelait alors qu'un pays voit sa natalité baisser quand la mortalité infantile diminue, et que si la population mondiale est bien plus importante aujourd'hui qu'hier, ceux qui ont faim sont cependant toujours moins nombreux, et aussi que si un pays pollue plus en s'enrichissant, les nouvelles classes moyennes ainsi formées se soucient alors de leur environnement et font inverser la tendance. Opticon Tessour se méfiait d'une écologie punitive. Pour lui, la solution devait venir du progrès, non de la culpabilisation. Ce qui était bon pour la planète ne devait pas révolter les pauvres, et la planète ne devait pas faire oublier l'humanité. La nature n'était pas non plus à idéaliser. Grâce au progrès, rappelait-il, on vit mieux et plus longtemps, et c'est l'homme qui a rendu la nature telle qu'elle est, rien n'étant plus guère naturel sur terre. En elle-même, la nature n'est pas bienveillante pour l'homme, ajoutait-il, elle peut même être mortelle pour lui, les virus et autres insectes ou animaux propageant des épidémies, tous aussi naturels que les plantes vénéneuses, étaient là pour le lui rappeler périodiquement. Cependant, le progrès technologique pouvait faire, et devait faire diminuer la pression sur les ressources. Déjà, les voitures électriques alimentées par l'électricité nucléaire polluaient moins. Ce n'était pas encore l'idéal, mais cela ne l'avait pas été non plus quand les gens se déplaçaient dans des véhicules tirés par des chevaux qui faisaient leurs besoins dans les rues. Un jour, la voiture deviendrait à son tour obsolète, il n'en doutait pas. Outre les voitures, plutôt que de condamner les avions, ce qui aurait aussi condamné l'industrie aéronautique et l'aurait empêché d'inventer des appareils moins polluants, tout en condamnant aussi le tourisme international et son apport en devises, il préférait favoriser la recherche et l'innovation.

Les signes de la modernité, rappelait-il, sont l'appel à la raison, à la liberté individuelle, aux lois du marché, à la démocratie et aux droits de l'homme. À cet égard, la France avait des atouts et des handicaps. Sa position géographique en Europe était un atout, comme ses institutions stables, sa natalité, moins mauvaise qu'ailleurs, sa langue, toujours importante, la sécurité dont jouissait la France, son environnement, son agriculture et ses grandes entreprises, ainsi que sa qualité de vie. Mais la France avait aussi fait passer trop souvent le panache avant l'efficacité, les Français restaient un peuple méfiant, ne se faisant pas confiance entre eux, un pays resté trop longtemps à dominante agricole, trop peu industrialisé, trop peu entreprenant, préférant vivre de ses rentes, un pays à la démocratie imparfaite, où l'abstention aux élections ne légitimait plus les élus, eux-mêmes peu respectés (« Tous pourris ! », selon le jugement définitif de certains), un pays avec ses zones de non-droit, ses banlieues vivant encore leur bannissement à perpétuité et pouvant exploser à tout moment, un pays où un État encore hypertrophique gaspillait trop souvent l'argent public, où des milliers de logements manquaient encore, un pays vieillissant où le poids des seniors pesait de plus en plus sur les autres générations.

Comment conduire les Français ? Comment les faire bouger sans les révolter ? Comment réformer la France en douceur ? Éternelles questions ! Comment diriger un peuple si prompt à faire la révolution pour un oui ou pour un non ? Un peuple jamais content, toujours à se plaindre ? Que répondre ? Et que pouvait faire le président ? Depuis longtemps, les présidents avaient de moins en moins de pouvoirs. Ils ne contrôlaient plus la monnaie, ni les grandes entreprises, ni les banques. L'Europe et la décentralisation, ainsi que le libéralisme économique, leur avaient enlevé nombre de leurs pouvoirs.

De plus, Opticon Tessour avait décidé de ne pas être un super président de type Superman, un monarque républicain, présent partout et dirigeant tout, mais plutôt un président de cohabitation, laissant son gouvernement diriger le pays, et n'intervenant que pour représenter la France, fixer les grandes lignes de la politique, et pour servir de recours en cas de crise. Sa Première ministre en avait été ravie.

Peut-être fallait-il ce duo improbable ? Du reste, ledit duo en jouait parfois, faisant mine d'être en désaccord l'un avec l'autre. Le gouvernement était ainsi à la fois à la tête de l'État et dans l'opposition. Mais une opposition douce, accommodante, et qui ne durait que le temps nécessaire. Au final, tout finissait dans le consensus. Il faut dire aussi que le duo fut avantagé par une situation économique particulièrement favorable, due elle-même à un contexte international d'une sérénité inédite. Il y eut certes des crises, mais les crises sont plus faciles à résoudre quand elles ne s'accumulent pas.

Opticon Tessour n'oubliait pas le mot attribué à Gandhi : « Le jour où le pouvoir de l'amour dépassera l'amour du pouvoir, le monde connaîtra la paix. » Fort de ce message, il pensait que parce qu'il aimait la France plus que le pouvoir, il pourrait la réformer, en faire un pays optimiste, ayant des valeurs, et croyant en lui. C'était son projet, sa vision. À 87 ans, il pouvait encore se permettre une certaine naïveté, sachant que vu son âge, on le lui pardonnerait. Enfin, c'était ce qu'il croyait.

La politique, disait-il, c'est l'art de vivre ensemble, et le rôle de l'État, et donc de ses représentants les élus, est de réguler tous les égoïsmes individuels ou corporatifs. L'État doit organiser la solidarité nationale, dans l'intérêt de tous. L'égoïsme est normal, ajoutait-il, mais encore faut-il le contrôler. La solidarité est une vertu politique, une nécessité. C'est défendre des intérêts communs. Au-delà, c'est la générosité, une vertu morale, quand on donne sans en tirer aucun bénéfice, sinon une satisfaction morale. Cela concerne davantage les individus. Opticon Tessour ne manquait cependant pas de rappeler que les deux, la solidarité et la générosité, étaient indispensables pour le bonheur commun.

Son plan pour la France était simple : définir les problèmes, associer dans la réflexion tous les partenaires, puis informer l'opinion des réformes à poursuivre, fussent-elles impopulaires. Dans l'idéal, il eût même fallu les annoncer avant l'élection. L'expérience montrait cependant que cela ne suffisait pas à désamorcer les oppositions. En outre, les solutions à apporter n'étaient pas évidentes, les experts consultés étant divisés sur les réponses à apporter.

Dans son livre « Élisez-moi à l'Élysée », Opticon Tessour avait esquissé quelques lignes de son futur programme : la priorité à donner au dérèglement climatique, à l'éducation et à la lutte contre la désinformation, ainsi qu'à l'éthique en politique, et au vieillissement de la population. À ce propos, on se souvient notamment de sa « politique des trottoirs » qui avait beaucoup fait parler d'elle à l'époque, mais qu'il n'eut jamais vraiment l'occasion de mettre en œuvre.

Opticon Tessour se rendit bien vite compte qu'il avait sous-estimé le travail à accomplir. Le problème des trottoirs ? Il fut vite relégué au second plan, et même beaucoup plus loin... Certes, la Première ministre et le gouvernement étaient là – une Première ministre énergique et un gouvernement de combat, réduit mais efficace. Il n'empêche, en tant que président, Opticon Tessour ne pouvait pas rester les bras croisés et se contenter d'inaugurer tel ou tel monument ou événement.

Pour commencer, et à titre symbolique, il refusa de poser pour la traditionnelle photo officielle. Il préféra mettre à sa place l'ours en peluche qui le représentait sur les réseaux sociaux. Cela fut toutefois mal perçu, il prit alors une photo de l'Élysée comme photo officielle du président de la République. Cette initiative fut cette fois bien accueillie. Une polémique de moins !

Ensuite, avec sa Première ministre, il voulut tout à la fois améliorer l'éducation, ainsi que l'efficacité de l'administration, l'état de droit et le dialogue social, renforcer la justice et son indépendance, réduire les déficits, tout en prônant l'éthique et ce qu'il appelait l'art de vivre, soit sa philosophie personnelle. Il y avait tant à faire, et les idées ne manquaient pas : réformer les institutions, en réduisant le nombre d'élus, le nombre de communes, voire de départements, en modifiant les compétences des autorités régionales et locales, en réduisant aussi les dépenses publiques grâce à plus d'efficacité et par la modification des règles fiscales. Il fallait aussi promouvoir davantage la francophonie et en faire une arme économique et non une simple activité culturelle, cesser de capituler devant l'anglais, passer à l'offensive plutôt que de rester sur la défensive. Il fallait encore réformer les institutions européennes pour rendre l'Europe plus visible, plus forte et plus démocratique. Il était temps de donner plus de pouvoirs au Parlement européen et d'avoir un véritable exécutif européen issu de lui et responsable devant lui, chaque État conservant ses prérogatives propres, comme dans les États fédéraux. Il fallait encore promouvoir le savoir, lutter contre la désinformation, et prévoir des garde-fous envers l'intelligence artificielle. Les écoles devaient devenir plus autonomes, enseigner aussi les bases de l'économie comme de l'éthique et de la philosophie, et le travail en équipe. La formation permanente devait être développée, et tournée vers les métiers d'avenir. Le programme Erasmus devait être encore plus étendu pour renforcer les liens européens, et les étudiants étrangers mieux accueillis, tout en veillant à ce que cela ne se fasse pas au détriment de leurs pays d'origine, dans le cas où ils souhaitaient ensuite rester en France. Le logement restait un grand problème : il en manquait encore – sans parler des prisons toujours surpeuplées : une honte pour la France ! La construction de logements devait encore être renforcée, tout en veillant à favoriser la mixité sociale et à supprimer les ghettos et zones de non-droit. Les alternatives à la prison étaient à promouvoir encore plus, et la réinsertion des délinquants à développer. La lutte contre les addictions – drogues, alcool, tabac, perversions sexuelles – était aussi à renforcer. Le monde médical n'était pas à oublier : les épidémies et une population vieillissante étaient là pour le rappeler. Quant au monde agricole, il n'était plus le même. Les petits agriculteurs étaient partis à la retraite, il ne restait plus surtout que de vastes exploitations qui avaient été reprises et agrandies autrefois par des jeunes motivés. Même s'ils avaient depuis pris de l'âge, ils étaient moins enclins à se suicider que leurs prédécesseurs, mais eux aussi étaient à soutenir.

Il y avait assurément tant à faire ! Comme aussi, par exemple, renforcer la défense européenne, continuer de rembourser la dette et de réindustrialiser la France, créer enfin un grand port français, revoir la fiscalité, le financement des retraites, le temps de travail et sa répartition. Mais comment faire tout cela sans mécontenter tout le monde, et sans ouvrir la porte aux extrêmes ? Sans diviser les Français, les uns contre les autres ? Les plus jeunes devaient travailler plus longtemps pour payer les retraites des plus âgés, de plus en plus nombreux. De leur côté, les retraités étaient appelés à contribuer davantage au budget de la nation, notamment au remboursement de la dette, encore énorme, qui grévait les finances publiques, et qui avait été constituée autrefois à leur profit.

La satire s'en empara. On put lire ainsi, entre autres exemples :« Les boulangers sont dans le pétrin, leurs problèmes sont croissants. Les bouchers ont beau défendre leur bifteck, ils se font plumer comme les éleveurs de volailles qui se font pigeonner. Les hôteliers, eux, sont encore dans de beaux draps. Quant aux viticulteurs, ils trinquent, pendant que les brasseurs sont sous pression et les météorologues en dépression. Même si les podologues travaillent d'arrache-pied, les plombiers prennent la fuite car le pays va à vau-l'eau » .

Les critiques ne manquaient pas. Opticon Tessour pensait être dans le vrai. Peut-être se trompait-il lui aussi, dans ce qu'il faisait ou pensait ? En tout cas, il attachait une grande importance à la recherche de la vérité. Il comprenait qu'il est plus facile de tromper les gens que de les convaincre qu'ils ont été trompés, comme de faire changer d'avis quelqu'un qui est dans l'erreur. Désapprendre une fausseté est aussi plus compliqué que d'apprendre une vérité. Selon lui, l'enseignement devait apprendre à bien penser dès le départ, afin de n'avoir pas ensuite à désapprendre une fausseté. Les médias avaient aussi leur rôle à jouer, mais ils préféraient souvent le sensationnel, vrai ou faux, qui était plus vendeur auprès du public.

Comme d'autres pays, la France fut atteinte par les violences dues à plusieurs mouvements suprématistes, au rejet des émigrés, au terrorisme islamiste, et encore au malaise des banlieues. Rien de bien nouveau en somme, mis à part les violences suprématistes, venues des milieux les plus nationalistes, et inspirées par des mouvements similaires aux États-Unis. Comme la plupart des pays européens, la France avait changé, et certains se refusaient à l'accepter. Les États-Unis et le Royaume-Uni avaient montré la voie en ouvrant leurs plus hauts postes à des personnes issues des minorités nationales. Aux États-Unis d'ailleurs, la population n'était plus composée que de minorités, y compris celle issue de la vieille souche anglo-saxonne protestante. En France, par contre, il n'y avait pas encore eu de président ni de Premier ministre issus de l'émigration extra-européenne. Cela viendrait sans doute un jour.

Le grand dossier, l'énorme dossier pour les élus de tous bords restait celui du changement climatique. Opticon Tessour en avait d'ailleurs fait sa priorité absolue. Malgré tout ce qui avait déjà été fait avant lui, on aurait pu croire que tout était encore à faire – tellement il y avait à faire ! Non seulement, il fallait prévoir ce qui était prévisible, mais il fallait aussi savoir faire face à toutes les catastrophes imprévues. Il s'agissait d'anticiper autant que possible, et toujours de rattraper le retard. Le combat eût pu sembler perdu d'avance, mais ni Opticon Tessour, ni sa Première ministre, ni leurs différents gouvernements ne se laissèrent aller au découragement. Il n'y avait aucune recette miracle : il fallait simplement – si l'on peut dire ! – se défaire le plus possible de tout ce qui entraînait des émissions de carbone, des déperditions d'énergie. La fusion thermonucléaire était enfin en voie de remplacer les centrales nucléaires traditionnelles, les logements étaient mieux isolés, les transports moins polluants. Les voitures électriques étaient devenues la norme depuis déjà quelques années, et même les avions étaient moins polluants. Tant bien que mal, il avait fallu s'adapter : fermer des stations d'hiver, faute de neige, détruire les habitations ou les bâtiments trop proches du littoral, à cause de la montée des eaux, adapter les cépages selon les régions, ainsi que les cultures – en fait, il avait fallu repenser la carte de France. Rien de moins ! Beaucoup avait été fait, de tous côtés, mais ce n'était jamais assez. Il y avait toujours et encore des retards à rattraper. Comme les personnes seules étaient toujours plus nombreuses, il fallait construire plus de logements. Comme les sécheresses, les incendies et les inondations se multipliaient, il fallait construire encore plus. En particulier, à cause des sécheresses, les maisons construites sur des sols argileux se fissuraient de plus en plus. Il fallait entreprendre des travaux pour les sauver, quand c'était possible. Il fallait aussi mieux isoler tous les bâtiments anciens qui n'avaient pas été rénovés. Cela supposait toujours plus de matériaux, et toujours plus de moyens de transport. Certes, cela faisait tourner l'économie, mais cela avait un coût, et cela prenait du temps. Surtout, cela faisait beaucoup de mécontents : tous ceux qui avaient perdu leur logement, détruit par un incendie ou la montée des eaux par exemple, tous ceux aussi qui n'en pouvaient plus des canicules à répétition. Il y avait bien les systèmes de climatisation, mais il n'y en avait pas partout, et c'était même parfois mal vu d'en posséder un, car cela réchauffait l'air extérieur.

Quand on traverse une épreuve, on a l'espoir d'en voir la fin. Mais là, non ! Aucun espoir d'une fin à l'horizon ! Simplement, la perspective à perte de vue d'une montée inexorable des températures et des problèmes. Certes, dans la vie, tout a forcément une fin. Mais du temps de la présidence d'Opticon Tessour, la baisse des températures et des problèmes n'était pas encore à l'ordre du jour. Le seul espoir, malgré qu'il fût modeste, était la recherche d'une stabilisation.

Il fallait forcément agir à l'échelle mondiale, cela n'avait jamais été simple, et cela ne l'était toujours pas. Il y a de cela une trentaine d'années, on accusait des pays comme l'Inde et la Chine d'être de gros pollueurs, et on leur faisait la morale. « C'est mal ! » leur disait-on, en regardant leurs usines ou leurs mines de charbon d'un air critique. Mais c'était oublier que par rapport à leur population, ces pays polluaient en fait moins que nous. C'était aussi oublier qu'ils polluaient pour nous, puisque nous avions délocalisé nos usines polluantes chez eux. Leurs problèmes étaient donc aussi les nôtres. Heureusement, depuis, on avait fini par le comprendre. Mais qu'il en avait fallu du temps, et encore on n'avait toujours pas tout compris !

Cinq ans, cela passe finalement si vite quand il y a tant à faire ! Alors que le dérèglement climatique continuait, Opticon Tessour voyait déjà la prochaine échéance électorale s'approcher. Que faire ? Laisser tomber ? Profiter d'une retraite bien méritée ? Que nenni ! Opticon Tessour n'y songea pas un instant. Ou si peu ! Non ! Il avait le droit de se représenter, il se représenterait !

Son enthousiasme fut cependant tempéré peu avant la fin de son mandat. Après soixante-et-un ans de mariage, son épouse décéda brusquement. Elle s'appelait Hélène, mais comme elle était assez petite et boulotte, elle n'avait jamais eu droit au surnom de « belle Hélène ». On l'avait plutôt surnommée Élise. Pourquoi Élise ? Parce que le livre d'Opticon Tessour « Élisez-moi à l'Élysée » avait donné le jour à la formule « Élise et moi à l'Élysée ». Par la suite, toutefois, Élise était devenue « la mamie » – sauf pour des esprits satiriques qui l'avaient appelée « la poire », ou « la poire Belle-Hélène », voire « la poire Laide-Hélène ». Comme la satire est un corollaire de la liberté d'expression, ni Opticon Tessour ni son épouse ne s'en étaient offusqués. Le président disait au contraire souvent à son épouse qu'il aimerait bien croquer la poire.

Le décès de « la mamie », une épouse aussi discrète que dévouée, laissait donc désormais Opticon Tessour bien seul à l'Élysée. Il pensa alors tout abandonner, mais il avait tant parlé de ses projets pour la France à son épouse, et il y avait encore tellement à faire, que par fidélité pour toutes les deux, il choisit finalement de continuer.

Après une longue période de deuil, triste mais déterminé, il repartit donc au combat.

IV

Le second mandat (2042-2047)

Opticon Tessour fut réélu ! Certes, comme c'était devenu la norme, le grand vainqueur de l'élection présidentielle, ce fut surtout l'abstention. Le désintérêt des Français pour la vie politique était manifeste, même si Opticon Tessour avait semblé un temps pouvoir inverser la tendance. Mais malgré la sympathie qu'il pouvait inspirer à nombre de personnes, cela ne suffisait pas à convaincre tous les électeurs inscrits d'aller voter. Le taux de l'abstention lors des élections continuait de valoir à la France une mauvaise place dans le classement des pays selon leur niveau de démocratie. Voter pour est une chose, voter contre en est une autre. Que devenaient donc les partis d'opposition et leurs candidats ? Toujours divisés, ils peinaient, pour les plus importants, à se remettre de l'impopularité de leurs derniers présidents élus. Quant aux petits partis, ils restaient de petits partis, sans espoir de devenir grands. Opticon Tessour fut cependant mis en ballottage par un candidat fort charmeur et assez rassembleur. Toutefois, le décès de son épouse attira sur lui la sympathie de nombreux électeurs, lui assurant ainsi sa réélection. Ce fut comme un dernier sacrifice de « la mamie ». Aussitôt réélu,

Opticon Tessour reconduisit à son poste sa Première ministre. Encore une première ! Première présidente, puis première à occuper la fonction de Première ministre pendant si longtemps : dix ans, la durée des deux mandats d'Opticon Tessour ! Si l'on y ajoute ses cinq ans de présidence, la Première ministre fut aux commandes de l'État pendant quinze ans ! Comment expliquer pareille longévité ? En fait, c'est difficile à expliquer. La Première ministre rappelait quelque peu Angela Merkel, la chancelière allemande d'il y a quelques dizaines d'années. Comme elle, elle avait été la première à la plus haute fonction de l'État – son poste de présidente de la République en France équivalent quelque peu à celui de chancelière en Allemagne. Elle n'avait certes pas été la première Première ministre, mais elle avait fait mieux. Elle avait été élue à la fonction suprême, tandis que le chef ou la cheffe du gouvernement est nommé par le président, ou la présidente. Comme Angela Merkel, elle avait su se plier aux circonstances, tout en restant ferme sur ses propres convictions. Comme elle, elle avait gagné elle aussi le surnom de « maman » – Opticon Tessour se voyant octroyer celui de « papi ». Ils avaient tous deux formé un couple parfaitement complémentaire, qui avait su rester assez populaire, malgré toutes les critiques dont ils firent l'objet. Certains avaient prêté à la Première ministre l'intention de se présenter à l'élection présidentielle de 2042. Elle aurait, disait-on, incité Opticon Tessour à lui céder sa place, quitte à le forcer un peu. Vrai ou faux ? Nul ne peut rien affirmer, en tout cas elle ne se présenta pas contre lui, mais au contraire appuya sa candidature dès qu'il l'eut exprimé clairement. Après tout, le président lui laissait énormément de pouvoir, de plus en plus même, et elle avait déjà été présidente, cela ne la dérangeait donc pas plus que cela. Les ministres, eux, par contre, pouvaient changer. Nommés selon leurs compétences, et non selon leur popularité, ils devaient faire leurs preuves. Malgré tout, ce second mandat fut marqué par quelques scandales retentissants, mais cela n'ébranla pas trop le gouvernement en place.

Les priorités furent les mêmes que lors du premier mandat : l'adaptation au changement climatique, et l'éducation – l'éducation au sens large, et non seulement au niveau de l'enseignement scolaire et universitaire. Pour Opticon Tessour, il était en effet prioritaire d'informer et de convaincre sur tous les sujets importants, plutôt que de laisser la désinformation s'installer plus ou moins sournoisement. Pour tout le reste, le maître-mot était l'adaptation. Il fallait s'adapter et adapter la société à tous les changements. La société elle-même changeait, et il fallait en tenir compte. La population était vieillissante, et certains se refusaient à s'adapter au monde nouveau. Un monde où les valeurs n'étaient plus tout à fait les mêmes, où les personnes immigrées ou issues de familles immigrées étaient plus nombreuses, un monde où la technologie, les robots, l'intelligence artificielle prenaient de plus en plus de place. Il fallait donc, toujours et encore, expliquer, justifier les choix qui étaient faits. Gouverner, c'est faire sans cesse preuve de pragmatisme, et faire preuve de pragmatisme, c'est savoir retourner sa veste, s'il le faut. Certains ne le comprenaient pas. La Première ministre elle-même l'avait souvent fait. Anti-nucléaire au départ, elle avait su à temps changer son fusil d'épaule. Elle avait certes continué de développer les énergies renouvelables, mais il avait bien fallu maintenir à côté une autre source d'énergie, davantage disponible. En effet, le soleil ne brille pas tout le temps, et il peut y avoir des jours sans vent. Quant à l'énergie hydraulique, la Première ministre se rendit finalement compte qu'elle posait beaucoup de problèmes.

Comme d'autres pays, la France avait dû affronter tant le populisme que la peur de l'immigration, de l'islam et de l'islamisation. Comme Opticon Tessour, la Première ministre avait voulu accueillir de la meilleure façon possible la population immigrée. L'explosion des naissances en Afrique avait forcément un impact en Europe où la natalité était à la baisse, y compris en France. Le pays ne pouvait certes pas accueillir tous les candidats, mais il ne fallait pas non plus fermer toutes les portes, car la main d'œuvre manquait dans certains métiers. La solution idéale eût été de financer davantage le développement des pays africains, afin de freiner quelque peu le désir d'émigration vers l'Europe. Mais les finances publiques ne le permettaient guère. Alors, il fallait continuer de faire du pragmatisme, au risque de mécontenter tout le monde, tant en France qu'en Afrique. Certes, les robots et l'intelligence artificielle pouvaient pallier le déficit de main d'œuvre dans certains métiers, mais les émigrés étaient quand même recherchés. Le marché des cerveaux était plus que jamais florissant.

Opticon Tessour avait su contrer le populisme qui avait sévi à un moment donné en France. Mais celui-ci était cependant toujours là, il fallait donc rester vigilant. Beaucoup de personnes se repliaient sur un réflexe identitaire, elles voulaient rester entre elles et fermer les frontières au lieu de s'ouvrir au monde. Il fallait les convaincre que le repli identitaire n'était qu'une régression, et les frontières des cicatrices de l'histoire, selon l'expression d'un auteur.

Pour que le peuple ne se sente pas coupé de ses représentants élus, Opticon Tessour avait réduit le train de vie de l'État, et le sien en particulier. Certes, il ne pouvait pas supprimer tout ce qui apportait du crédit à la France – sa présence diplomatique, comme ses événements internationaux, économiques, culturels ou sportifs. Toute dépense est bonne pour l'économie, pourrait-on dire. Opticon Tessour avait cependant veillé à ce qu'il n'y ait aucun excès de la part de l'État et de ses représentants. À cette fin, il avait renforcé les moyens de la Cour des comptes et des chambres régionales et territoriales des comptes.

Par rapport à l'islam et à la peur de l'islamisation, Opticon Tessour avait été un soutien sans faille de la laïcité. Le désengagement de nombreux Français vis-à-vis de la religion lui avait facilité la tâche. Il n'avait pas eu à accorder quelque privilège que ce fût au catholicisme, ou même à l'islam – malgré l'expansion du second. Au contraire, il avait œuvré pour que les populations issues du monde musulman puissent elles aussi se revendiquer de la laïcité, voire de l'athéisme, si telle était leur envie. De fait, laïcité et athéisme commençaient à progresser en milieu musulman, celui-ci s'alignant peu à peu sur le modèle français traditionnel. Mais les musulmans qui continuaient d'arriver freinaient le mouvement, lequel concernait davantage des personnes issues de mouvements migratoires antérieurs. De plus, la France n'en avait toujours pas fini avec l'islam radical et ses attentats, d'autant plus que – on l'a vu – cela avait suscité une mouvance suprémaciste française. Il fallait donc combattre les uns et les autres et, toujours et encore, expliquer et convaincre, justifier sans cesse la ligne politique suivie.

Telle était la France à la fin du second mandat d'Opticon Tessour – une France toujours prospère certes, mais où les inégalités et la pauvreté n'avaient pas disparu, une France où certains doutaient encore ou ne s'y reconnaissaient pas, une France pourtant encore de quelque importance, grâce surtout à sa qualité de membre de l'Union européenne. Opticon Tessour avait accompagné la France pendant ses deux mandats, et il s'apprêtait à la laisser suivre sa route sans lui. Avait-il réussi ? Avait-il échoué ? Réussi ou échoué à quoi, d'abord ? Et comment définir un succès ou un échec ? Son action avait eu forcément un impact sur la société, mais dans un pays démocratique une société évolue surtout toute seule, l'air du temps change peu à peu, sans que l'on s'en rende toujours compte. Opticon Tessour et sa Première ministre avaient surtout dû faire preuve de pragmatisme pour parer à toutes les urgences, plutôt que d'essayer de transformer la France sur le long terme. Lui-même, en particulier, eût voulu changer la mentalité française, faire d'un pays de râleurs un havre de paix et de bonheur, une société confiante en l'avenir. Mais des rêves à la réalité, le chemin est long et sinueux. En tout cas, il avait essayé de donner du sens à la politique, plutôt que du sensationnel. Il avait voulu conduire le pays en paix plutôt que de le séduire d'un grand sourire pour être élu, puis réélu.

Il se rappelait l'humoriste Coluche qui avait voulu un temps devenir président. Il ne l'avait pas été, mais il avait fondé les Restos du cœur, laissant ainsi sa trace dans l'histoire. Pour les plus démunis, une trace plus marquante que celle des présidents. Et lui-même ? Il avait certes voulu être président. Peut-être à tort. Il se posait en tout cas la question. N'aurait-il pas mieux valu élire quelqu'un ne voulant pas être président ? C'eût été une preuve d'humilité et de désintéressement.

Son grand regret était cependant de n'avoir pas réussi à mettre un terme à la pauvreté dans le pays. Peut-être était-ce une mission impossible, même dans un pays encore riche. Que faire donc pour ceux qui n'ont ni avoir, ni savoir, ni pouvoir ? Pour tous les naufragés de la vie ? Comment leur rendre leur indépendance, leur fierté, les sortir de l'assistanat ? Il avait essayé de mettre en place divers programmes, mais force était de constater que la pauvreté demeurait encore en 2047, tel un cancer dont on n'arrivait pas à se débarrasser. Le chantier demeurait, comme celui des personnes au chômage qui ne réussissaient pas à se réinsérer, sinistres cadeaux pour ses successeurs. La robotique et l'intelligence artificielle, en supprimant des milliers et des milliers d'emplois, ne facilitaient pas la recherche de solutions pérennes. Certes, cette pauvreté ne concernait qu'une minorité, mais cela le touchait néanmoins comme un échec personnel, même si nombre de pays développés rencontraient le même problème.

Opticon Tessour regrettait aussi – on l'a vu – de n'avoir pas réussi à changer la mentalité française : la France restait un pays de râleurs, et fiers de l'être. Et un pays toujours aussi difficile à réformer : les Français ne voulaient rien changer, de peur de perdre leurs avantages, rentes ou privilèges. L'intérêt immédiat continuait de passer avant l'intérêt commun ou l'intérêt à plus long terme. Les élus eux-mêmes, pour être réélus, ne voulaient pas brusquer les choses. Alors, comment faire, pour que tout le monde ne se retrouve pas dans la rue ? Comment concilier plus d'État avec moins d'impôts ? En supprimant les dépenses inutiles ? Certes, mais cela ne pouvait suffire, et il était difficile de le faire comprendre à ceux qui ne voyaient que des solutions simples à des problèmes complexes.

Opticon Tessour avait donc moins fait que ce qu'il avait prévu ou espéré. Le quotidien l'avait emporté trop souvent sur le long terme.

Malgré tout, il avait quand même quelques lots de consolation. Il avait défendu de son mieux la langue française en Europe et dans le monde. Il avait défendu l'Europe, la paix et la démocratie. La France, la langue française, l'Europe, la paix et la démocratie comptaient encore dans le monde. Et puis, nous le verrons, la situation en France n'était pas si mauvaise que cela, même pour les moins chanceux.

Le dernier joue de son mandat, Opticon Tessour quitta donc l'Élysée le cœur empli de sentiments confus, où se mêlaient nostalgie, déception et satisfaction quand même du devoir accompli.

V

Une fin de vie en douceur

Comment voulez-vous mourir ?

Quelle question !

Tout le monde ne se la pose pas. La mort peut surprendre, traîner, ou se faire désirer, mais chacun doit y passer. Cela peut mal se passer : après une longue maladie, après d'atroces souffrances, ou plus en douceur, brusquement, au désarroi des plus proches cependant.

De nos jours, en 2049, les esprits ont évolué depuis fort longtemps, et c'est tant mieux. Le suicide assisté ne pose plus problème, et chacun peut choisir librement sa fin de vie.

Opticon Tessour n'a pas eu à choisir comment il voulait en finir. Comme c'est encore le cas pour la plupart des personnes qui meurent, il a laissé la mort venir à lui. Dans son cas, cela s'est passé on ne peut plus paisiblement puisque la mort l'a pris pendant son sommeil, sans signe de souffrance apparente. Juste un sommeil plus long que d'habitude, donc, un sommeil sans réveil. Une fin de rêve qu'il n'est pas donné à tout le monde de vivre – si l'on peut employer cette expression. Une fin toute en douceur, en somme.

Du reste, Opticon Tessour attendait la mort avec sérénité, le cœur apaisé, selon les dires de tous ceux qui l'ont rencontré lors de ses derniers jours. À son âge, il avait vu partir tellement de ses proches, à commencer par sa chère épouse, que le monde commençait à lui paraître un peu vide, moins accueillant que par le passé.

À la fin de son second mandat, en 2047, il s'était retiré sur le causse Méjean, en Lozère, loin du tumulte de la vie parisienne. Il avait un temps songé à écrire ses mémoires, mais il n'en avait pas eu la force. Tout juste laissa-t-il quelques notes, principalement sur ce qu'il avait fait, sur ce qu'il pensait devoir transmettre, et quelques réflexions sur le monde actuel, notre monde. Un monde qui est loin d'être parfait, et l'on pourrait se demander ce qu'Opticon Tessour lui a apporté de façon durable, autrement dit s'il aurait été meilleur ou pire sans lui. Après tout, on vient de voir que si la société a beaucoup changé, il n'y était apparemment pas pour grand-chose.

Pour répondre à cette interrogation, il nous faut nous pencher maintenant sur ce que certains appellent la philosophie tessourienne, avant d'aborder la question du tessourisme lui-même.

VI

La philosophie tessourienne

En quoi, la philosophie tessourienne a-t-elle été d'une quelconque importance ? A-t-elle modifié tant soit peu la France ? Fut-elle une petite révolution ou non ?

Nul n'a jamais pu prétendre révolutionner la France. Celle-ci s'est toujours révolutionnée elle-même, allant parfois trop loin, jusqu'au régime de la Terreur, comme en 1793 – Terreur qui inspira elle-même les tueries de la révolution russe.

Non, tout au plus, concernant d'Opticon Tessour, pourrait-on parler de révolution tranquille, si l'on souhaite éviter les termes, moins spectaculaires, d'évolution tranquille.

C'est tout d'abord la personnalité même d'Opticon Tessour qui a marqué les esprits. Un vieillard à l'Élysée, une personne très âgée, et pourtant encore en pleine forme, ou presque. Le président avait certes ses petits problèmes physiques, mais cela n'entravait ni son action ni sa détermination. Son empathie pour les personnes dans la souffrance suscitait l'admiration. Sa sincérité n'était jamais mise en cause.

Mais la sincérité ne suffit pas. Être dans l'erreur, fût-on sincère, c'est toujours être dans l'erreur. Les pires dictateurs ont pu sincèrement croire être dans le vrai. La recherche permanente de la vérité doit donc toujours accompagner la sincérité. Opticon Tessour se référait souvent au Vrai, au Bien, et au Beau : les fameux transcendantaux de la philosophie antique, qui sont toujours d'actualité, même si leur compréhension peut être plus compliquée qu'il n'y paraît. Que met-on derrière ces mots ? Comment les définir ? Qui doit-il les définir ? Comment les traduire dans la vie politique, dans la vie quotidienne de la nation ?

Par des mots simples, chaque fois qu'il en parlait, Opticon Tessour réussissait à les faire comprendre par tous, sans jouer pour autant au moralisateur. Peut-être par contre, certainement même, au professeur. Après tout, en tant que chef de l'État, il se sentait investi d'un rôle d'éducateur. Les médias, quant à eux, en vinrent à la considérer comme un philosophe. Opticon Tessour n'en était pas mécontent. La philosophie, disait-il, appartient à tout le monde. C'est oser savoir – selon l'expression de Kant à propos des Lumières : ose te servir de ton intelligence. La philosophie est la recherche de la sagesse, qui peut emprunter plusieurs chemins : le plaisir (la satisfaction des seuls plaisirs naturels et nécessaires, selon Épicure), la volonté (selon les stoïciens : voir ce qui dépend de nous et que l'on peut changer, et ce qui ne dépend pas de nous et que l'on doit accepter), le silence (chez les sceptiques), la connaissance et l'amour (selon Spinoza), le devoir et l'espérance (selon Kant), et ainsi de suite. La philosophie est ainsi la sagesse pour juger ce qui est bien, et agir en conséquence. C'est penser par soi-même, penser sa vie et vivre sa pensée, savoir comment vivre, rechercher le bonheur dans la vérité. La vérité est la norme, le bonheur est le but, et la philosophie le moyen de l'atteindre. La raison, ajoutait-il, demande que le bonheur ne soit pas fondé sur une illusion. Vaut-il mieux être heureux qu'avoir raison ? La vérité vaut mieux que la fausseté, quand bien même la fausseté serait plus agréable sur le moment. Pour l'illustrer, Opticon Tessour prenait l'exemple d'un coureur cycliste qui remportait une victoire. Tout allait bien, tout le monde était content, jusqu'au jour où l'on s'apercevait qu'il avait triché en se dopant : sa victoire n'en était pas une, car basée sur la fausseté. Par contre, une victoire sans fausseté restait une vérité pour l'éternité.

Qu'est-ce donc que le Vrai ? Comment savoir ? Dans un monde surpeuplé de mensonges de toutes sortes, la recherche de la vérité aurait toujours dû être prioritaire. Mais comment faire ? La vérité est toujours partielle, c'est une quête sans fin. Nos sens, nos raisonnements, nos instruments d'observation, nos concepts, nos théories, nos biais cognitifs sont autant de filtres qui peuvent la déformer ou la voiler. La connaissance scientifique elle-même est toujours partielle et provisoire. Une théorie peut en remplacer une autre. La connaissance n'y est pas certitude. On croit plus qu'on sait. Or, croire, ce n'est pas savoir. Pour autant, il n'est pas certain que tout soit incertain. On ne peut pas le prouver. Peut-on dire alors qu'il est faux de dire que rien n'est vrai ? S'il n'y avait pas de vérité, il ne serait pas vrai qu'il n'y a pas de vérité. À chacun sa vérité, alors ? La logique peut donner mal à la tête. Pourtant, la vérité ne peut être qu'universelle et libre. Elle doit être une recherche perpétuelle. Seuls les dogmatiques croient la détenir et ne la cherchent plus. En cela, ils sont dans l'erreur. Il est vrai (!) que le vrai peut être moins beau, moins flatteur que le faux. Une belle théorie du complot est plus captivante que des faits bruts. Le faux a aussi la capacité de s'adapter à toutes les situations et d'enflammer l'imagination. Une baliverne qui plaît peut devenir virale et susciter l'émotion. Sa diffusion renforce alors son implantation dans notre cerveau, et on la croit puisque de plus en plus de gens la croient. Nul n'est entièrement ou tout le temps pleinement rationnel.

Il faut en tout cas faire attention aux informations, vérifier leur authenticité. Il faut aussi se méfier de nos propres jugements, car notre cerveau se plaît à rationaliser nos présupposés. On croit alors que l'on a raison de penser ce que l'on pense, de croire ce que l'on croit. Notre cerveau aime aussi les explications simples, monocausales, alors que nous vivons dans un monde complexe. Pour en revenir à cet exemple, l'explication par le complot rassure. On se sent bien de détenir une vérité qui échappe aux autres. Mais c'est se manipuler soi-même.

Opticon Tessour s'en tenait à la zététique, l'art du doute, et à la méthode scientifique. Il faut ainsi d'abord douter pour ne pas croire les pires sornettes véhiculées par les médias ou certaines personnes. Mais douter par un doute sain, raisonnable, non par un doute pernicieux, comme celui qui véhicule les théories du complot. Le doute méthodique, par contre, permet de suspendre son jugement tant que l'on n'en sait pas plus.

Ensuite, il faut analyser les faits ou les théories de façon scientifique, consulter les spécialistes du domaine, les études effectuées sur le sujet, avant d'en tirer une conclusion, en sachant bien, selon les cas, que cette conclusion pourrait être remise en cause. En matière scientifique, il n'y a pas de vérité éternelle, une théorie en remplace une autre, ou la complète, si celle-ci s'avère plus vraie. C'est ainsi que la théorie de la relativité d'Einstein est venue compléter la théorie de la gravité de Newton. Une preuve scientifique est toujours provisoire, jusqu'à preuve du contraire. La science ne propose jamais qu'un modèle explicatif provisoire de la réalité, toujours en attendant mieux et plus. Elle enseigne l'humilité. Comme l'écrivait Isaac Newton : « Ce que nous savons est une goutte, ce que nous ignorons est un océan. »

De façon classique, la méthode expérimentale en matière scientifique est la suivante : la théorie est issue d'une prédiction qui fait l'objet d'une expérience, et de celle-ci on fait des observations qui vont confirmer, ou faire modifier ou rejeter la théorie. La boucle est ainsi bouclée. Et plus de personnes refont l'expérience, plus la théorie se voit confirmée ou non.

Par le doute méthodique et la démarche scientifique, par la pensée rationnelle et l'esprit critique, on peut ainsi faire la distinction entre une croyance subjective, une opinion plausible et une connaissance établie.

Selon le philosophe des sciences Karl Popper, les énoncés doivent aussi être réfutables. Ceux qui ne peuvent pas l'être s'apparentent à des croyances, comme avec les religions ou la psychanalyse. On pourrait aussi parler de dogmes ou de mythes qui, par nature, ne sont ni critiquables ni modifiables. Toute proposition irréfutable est en tout cas étrangère à la pensée critique.

Une théorie réfutable et des tests reproductibles permettent d'aboutir au consensus scientifique. La démarche scientifique permet ainsi d'éviter les biais cognitifs personnels. Grâce à l'esprit critique et au doute méthodique, il faut aussi savoir privilégier des hypothèses a priori crédibles, car certaines propositions sont plus probables que d'autres. Celles que le bon sens juge possibles sont plus probables que les explications extraordinaires ou faisant appel au surnaturel, au jamais vu ou à ce qui ne peut être prouvé ou démontré. Il faut aussi savoir hiérarchiser la validité des arguments de départ. Au plus bas, il y a la simple rumeur. Le témoignage d'une personne vient ensuite, puis l'anecdote vécue personnellement. Au-dessus, il y a la sagesse populaire, puis l'opinion, et encore l'expertise, puis la publication scientifique dans une revue respectée avec comité de lecture. Enfin, au sommet, on trouve le consensus scientifique. Pour atteindre celui-ci, le consensus des experts, il faut aussi que les échantillons soient représentatifs, quand il y en a, tout vérifier, recouper les données, rechercher les sources d'erreur possibles. Le tout avec humilité, pour éviter l'humiliation d'avoir propagé des faussetés. Car la pensée critique doit se faire en priorité contre soi-même, contre nos propres erreurs de jugement. C'est le « Connais-toi toi-même» de la philosophie.

Par ailleurs, un raisonnement doit être fait, selon la logique de l'implication : un fait en implique un autre. La déduction joue (on relie des propositions à une conclusion), ainsi que l'induction (on recherche des lois générales à partir de faits particuliers) et l'abduction (on infère des causes probables à des faits observés pour en tirer une hypothèse).

Cela demande donc de faire appel à notre pensée analytique, celle qui est plus lente, plus réfléchie et qui demande plus d'attention, plus d'efforts que notre pensée qui fonctionne en mode automatique et qui, elle, est rapide, intuitive, émotionnelle, et moins fiable. Les deux sont indispensables, mais pour bien raisonner, la première doit l'emporter sur l'autre, ce que l'on oublie parfois.

Le test de réflexion cognitive permet de comprendre ce qui différencie ces deux pensées.

Un premier exemple : un crayon et une gomme coûtent au total 1,10 euro. Si le crayon coûte un euro de plus que la gomme, combien coûte la gomme ?

Autre exemple : si cinq machines produisent cinq articles en cinq minutes, combien de minutes faut-il pour que cent machines en produisent cent ?

Encore un exemple : un lac est recouvert de nénufars dont l'étendue double chaque jour. Si les nénufars mettent 48 jours pour tout couvrir, en combien de jours en couvriraient-ils la moitié ?

Les réponses évidentes sont, respectivement : dix centimes, cent minutes et 24 jours.

Sauf, que c'est faux. Les bonnes réponses sont : cinq centimes (et non dix, sinon le total ferait 1,20 euro), cinq minutes, et 47 jours.

Encore un exemple : le vent souffle violemment vers l'ouest. Un train électrique file très vite vers l'est. Dans quelle direction la fumée de la locomotive va-t-elle ?

Réponse : un train électrique n'émet pas de fumée.

Et un tout dernier exemple : un bateau a une échelle de corde qui arrive à vingt centimètres au-dessus de l'eau. La mer monte de dix centimètres. À combien de la mer arrive alors l'échelle de corde ?

Si vous avez suivi, la réponse devrait être évidente. Sinon, pensez que si la mer monte, le bateau monte aussi...

La pensée en mode automatique ouvre la voie aux croyances infondées, comme le paranormal, les pseudo-sciences, l'astrologie, les théories du complot, les fausses informations de toutes sortes, fondées sur les émotions et non sur la raison. Notre cerveau aime cette façon de penser, car c'est la plus simple, la plus naturelle. Au demeurant, notre cerveau n'a pas été « conçu » pour penser, mais pour nous permettre de survivre tout au long de l'évolution, grâce aussi à nos sens, et à ce que nous prenons pour notre bon sens, lié lui-même à ce que nous croyons savoir, trop souvent à tort et de façon irréfléchie.

La pensée analytique, elle, écarte davantage les croyances qui ne sont pas scientifiquement fondées (création divine au lieu de l'évolution biologique, par exemple), et favorise les jugements utilitaristes dans les dilemmes moraux (on sacrifie une seule personne pour en sauver plusieurs), ainsi que la clémence en cas de transgression accidentelle (homicide involontaire, par exemple). Même si cette pensée est plus rationnelle que la précédente, elle n'évite cependant pas les erreurs de jugement causés par les biais cognitifs. En outre, notre cerveau peut essayer de rationaliser après coup une décision prise quand il fonctionnait en mode intuitive.

La méthode scientifique fait appel à cette pensée analytique. Pour autant, tout peut-il être analysé selon la méthode scientifique ? La vérité n'est-elle pas, parfois ou souvent, relative ? Selon les pays, les circonstances, les époques ?

Il ne faut certes pas confondre croyance et vérité. Les croyances évoluent, les croyances religieuses comme les autres. Celles d'aujourd'hui ne sont pas celles d'hier, ou d'avant-hier pour les plus anciennes. Par contre, certaines vérités sont éternelles, comme les vérités morales. C'est pourquoi les philosophes antiques peuvent encore nous parler, et ce qu'ils ont dit il y a plusieurs siècles peut encore faire sens aujourd'hui. Si le monde a changé depuis leur époque, la nature humaine est restée la même, seules les mentalités ont pu évoluer. Certaines vérités se moquent donc du temps qui passe.

Il en est de même pour le Bien, ou le Bon. Si le Vrai peut parfois être difficile à reconnaître, chacun sait plus facilement ce qui est bien ou bon, ce qui est moral et juste. La conscience suffit souvent comme seul guide.

Dans cette trilogie, le Beau pourrait faire piètre figure. Mais la beauté est indispensable à la vie, non seulement la beauté artistique, mais aussi la beauté de la nature, des personnes et des choses, outre, bien sûr, la beauté morale qui nous renvoie vers le Bien.

Durant ses deux mandats, comme avant et après, Opticon Tessour n'a jamais perdu de vue le cap à tenir, celui de cette trilogie qui l'inspirait et dont il aimait souvent parler. Conscient de son importance, il avait fait en sorte qu'elle soit enseignée et discutée dans les écoles, lycées et universités. Selon lui, les bases de la philosophie devaient être apprises par tous, pour que chacun puisse vivre une vie meilleure, plus riche de sens. Il s'agissait aussi de combler le vide creusé par le déclin des religions, afin que chacun eût quand même une éthique de vie.

À cet égard, il n'avait pas peur de rappeler la Règle d'or, qui est commune à la plupart des religions et philosophies, et qui peut s'exprimer ainsi : « Traite les autres comme tu voudrais être traité », ou encore : « Ne fais pas aux autres ce que tu ne voudrais pas qu'on te fasse. » Une Règle plus connue en Occident sous la formule de la Bible hébraïque : « Tu aimeras ton prochain comme toi-même. » Bien sûr, la formule peut se prêter à la risée des masochistes, mais le principe n'en demeure pas moins indispensable en matière d'éthique. On peut aussi la formuler ainsi : « Fais-toi du bien sans faire du mal aux autres, et fais du bien sans te faire du mal » – ce qui est plus clair pour les masochistes. Dans le même style, on peut citer : « Fais ce que tu aimes, là est la liberté ; aime ce que tu fais, là est le bonheur. »

Car la finalité de tout ne pouvait être que la recherche du bonheur pour tous, au détriment de personne. Pour cela, il fallait en passer par l'éducation, aussi bien des jeunes que des adultes. Outre les établissements d'enseignement, il fallait donc une éducation populaire permanente. Mais comment s'y prendre ? Comment faire pour changer les mentalités ? Les Français étant réputés ronchons par nature, la tâche s'annonçait rude, voire impossible. C'était cependant sans compter sur la force de l'exemple donné par Opticon Tessour lui-même, par celui de sa Première ministre, des ministres, parlementaires et soutiens divers du président. Certes, il y eut des ratés, mais dans l'ensemble, tous s'efforcèrent de donner l'exemple et de faire passer le message, celui de la sagesse, de la sérénité philosophiques.

Cela dit, répétons-le, les circonstances économiques, politiques et sociales, étaient favorables à un apaisement généralisé des tensions de toutes sortes. Une pauvreté, plus ou moins grande, subsistait certes, pour les immigrés, les employés et ouvriers non qualifiés, les malchanceux de la vie. Mais des lois sociales avaient été édictées pour alléger leurs problèmes, les compensations financières avaient été augmentées, la pénibilité du travail manuel avait été mieux reconnue – pour le salaire, comme pour l'âge de la retraite. Opticon Tessour avait voulu en finir avec leur absence de représentants dans les instances dirigeantes ou élues : des quotas assuraient désormais leur présence au Parlement et ailleurs. La pénibilité des souffrances physiques, celle des corps, était enfin davantage prise en compte, et avait droit au chapitre, à côté de la fatigue mentale des travailleurs intellectuels.

Le message du gouvernement en place passait donc mieux. Outre les établissements d'enseignement et l'exemple des élus, il se répandait aussi par une action vigoureuse sur les réseaux sociaux, à la télévision, et lors d'actions culturelles spécifiques. Il ne s'agissait cependant pas de propagande, juste d'une incitation à rechercher le chemin de la vérité et de la sagesse, tout en se méfiant des contre-vérités de toutes sortes. Du reste, chacun restait libre de rejeter l'information. La liberté de la presse et la liberté de croire étaient pleinement respectées. Toute coercition était rejetée.

Ce message, c'était qu'il fallait avant tout que chacun prenne enfin le contrôle d'Internet et de ses algorithmes. Il était temps ! Internet était déjà une bien vieille histoire lors de l'arrivée d'Opticon Tessour au pouvoir, mais certains en étaient encore à se laisser berner par tout ce qu'il pouvait véhiculer de négatif : des contre-vérités flagrantes ou plus subtiles, des théories du complot simplistes ou plus élaborées, ou encore des exemples divers de biais cognitifs.

Internet est en effet conçu de façon à donner aux gens ce qu'ils veulent. Les moteurs de recherche analysent nos comportements et nous donnent accès aux informations correspondant à nos goûts, à nos attentes. La désinformation est donc reine sur Internet. Quelqu'un croit-il à telle théorie fantaisiste, Internet lui servira tous les sites qui abondent dans ce sens. Internet caresse les gens dans le sens du poil : il est conçu ainsi. Ou, plus précisément, les moteurs de recherche sont conçus ainsi, de façon à nous donner ce que nous voulons, ce qui ne peut que confirmer nos croyances, non ce qui peut les mettre en doute, même si nos croyances sont erronées, même si elles sont basées sur des préjugés discutables.

Durant ses deux mandats, Opticon Tessour a voulu agir pour mettre un peu d'ordre dans tout cela. À force d'échanges avec toutes les personnes impliquées, il a obtenu, du moins de la part de certaines, qu'elles acceptent de mettre en place un code de fiabilité. En l'occurrence, ce code consiste à indiquer une note de fiabilité pour tous les sites. Chaque site se voit attribuer une note de un à cinq, cinq étant la note pour les sites les plus fiables. Pour le moment, cette note n'est pas encore obligatoire au niveau international, mais l'idée fait son chemin. Le problème, bien sûr, est celui de l'impartialité de l'organisme qui attribue la note. Un organisme français a été créé, mais sa vocation est d'être remplacé par un organisme européen, qui lui-même serait remplacé par un organisme mondial. En fait, plusieurs organismes pourraient aussi cohabiter, tous les sites ne concernant pas le monde entier. Lesdits organismes, en collaboration avec les comités d'éthique nationaux, auraient aussi vocation à surveiller les applications d'intelligence artificielle qui se sont multipliées ces dernières années, et qui inquiètent de plus en plus certaines personnes. Il ne s'agit pas de freiner le progrès, mais de le contrôler dans l'intérêt de tous.

Pour reprendre ce que disait Opticon Tessour lui-même, notre cerveau est notre bien le plus précieux. Le problème est que chacun se fie en général à son cerveau, alors que celui-ci peut nous trahir de multiples façons. Chacun sait, par exemple, que notre discernement peut être altéré si nous avons des problèmes psychologiques ou psychiatriques. Dans certains cas, la responsabilité pénale d'un criminel ne peut être engagée. Mais il y a beaucoup plus...

Les illusions d'optique en sont l'illustration la plus simple. Chacun connaît, même sans les avoir vus, l'existence des mirages que l'on peut voir dans le désert. Mais même chez nous, on peut voir en été, tout au loin d'une route, une flaque d'eau plus ou moins tremblotante. Tout cela est dû aux lois de la physique et de l'optique. L'air directement au contact de l'asphalte est plus chaud que l'air au-dessus, ce qui dévie les rayons lumineux et donne l'impression qu'ils ont été réfléchis par une glace. Il s'agit là d'un mirage dit « chaud ». Car il existe également des mirages dits « froids » qui, eux, sont au-dessus de l'objet reflété. Dans ce cas, l'air près du sol est plus froid que l'air au-dessus, ce qui courbe aussi les rayons lumineux, mais vers le bas. Ainsi, un marin pourrait voir une image du port où il va, flottant dans le ciel, avant de le voir réellement à l'horizon. Pratique ! Un mirage n'est cependant pas vraiment une illusion d'optique, on peut d'ailleurs le photographier, tout comme l'arc-en-ciel qui, lui aussi, est un effet d'optique dû à la lumière formée par les gouttes de pluie. L'arc-en-ciel est visible dans la direction opposée au soleil quand il brille par temps de pluie, là où l'eau est présente (cascade, jet d'eau...). La lumière blanche du soleil est réfractée (déviée) en entrant dans la goutte d'eau, puis réfléchie par elle, et réfractée à nouveau en sortant. L'indice de réfraction des gouttelettes n'est pas le même selon les couleurs, c'est pourquoi, par exemple, les gouttes hautes contribuent à la couleur rouge et les basses au bleu. Par convention, depuis Isaac Newton, l'arc-en-ciel est souvent représenté comme ayant sept couleurs, de l'intérieur vers l'extérieur : violet, indigo, bleu, vert, jaune, orangé et rouge. Mais en réalité il s'agit d'un dégradé de couleurs, et l'on peut voir autant de couleurs que ce que permettent nos yeux, c'est-à-dire beaucoup plus. Un arc-en-ciel secondaire peut aussi se former au-dessus de l'arc-en-ciel principal. Il est moins lumineux que l'arc-en-ciel primaire, et ses couleurs sont inversées par rapport à celui-ci.

L'illusion d'optique de l'arc-en-ciel réside dans sa position apparente. Chaque observateur voit son propre arc-en-ciel et, s'il se déplace, l'arc-en-ciel semble en faire autant, ce qui fait que l'on ne peut jamais l'atteindre.

Les aurores polaires sont un autre phénomène lumineux spectaculaire, mais sans illusion : juste des particules solaires qui entrent en collision avec des particules de gaz.

Illusion ou réalité, il s'agit là de phénomènes qui ne peuvent que nous émerveiller.

Beaucoup plus simple, et nettement moins jolie est l'illusion de Müller-Lyer qui est reproduite ci-après :

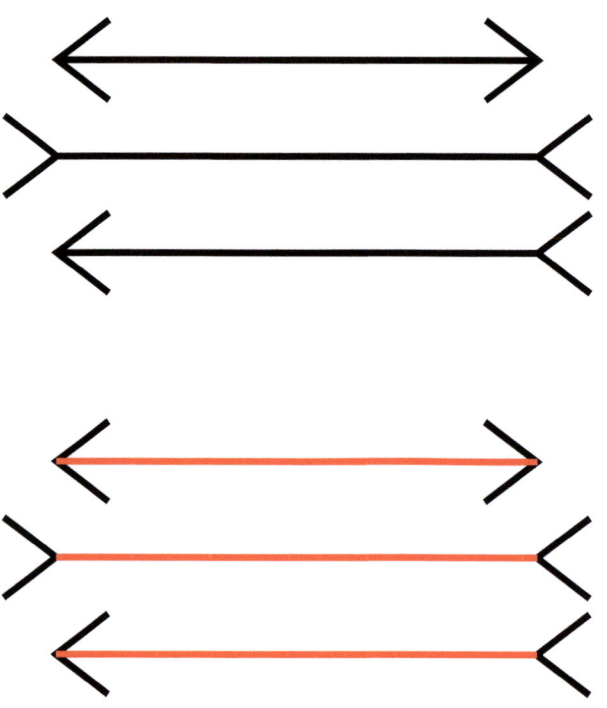

Malgré les apparences, les trois lignes ont la même longueur. C'est géométrique ! Il suffit d'inverser un ou deux segments obliques pour avoir une vision déformée de la réalité.

Les deux images suivantes sont aussi fort connues :

Avec la première image, on peut y voir un animal ou un autre. Avec la seconde, on peut hésiter (sans trop) sur l'emplacement des pattes de l'éléphant. Dans les deux cas, on comprend que ces images ambiguës ont été conçues pour tromper.

Plus subtile est l'image suivante :

Une personne non avertie, qui verrait cette image pour la première fois, pourrait n'y voir qu'une dame, au lieu d'en voir deux, alternativement. Deux dames bien différentes, notamment par l'âge.

Ces images montrent en tout cas qu'il en faut peu pour leurrer notre cerveau.

Si l'on a du mal à voir les deux dames, cela montre aussi qu'il est bien difficile d'écarter une idée fixe ou un préjugé, quand ils sont bien implantés dans notre cerveau.

Le cube dit de Necker (image ci-après) est de même nature. On peut imaginer un cube vu du dessus (figure en haut à droite), ou un cube vu du dessous (figure en bas à droite). Habituellement, on voit plutôt cette dernière figure, car les objets sont plus souvent représentés vus du dessus. À noter que la figure qui est au-dessus permet aussi de voir l'intérieur d'un cube dont on aurait ôté trois côtés. Pour cela, il faut imaginer que les lignes qui se croisent en bas (mais non sur le côté) sont à l'arrière, et non devant. Si l'on a cette image en tête, il est alors difficile de voir l'autre. Et inversement.

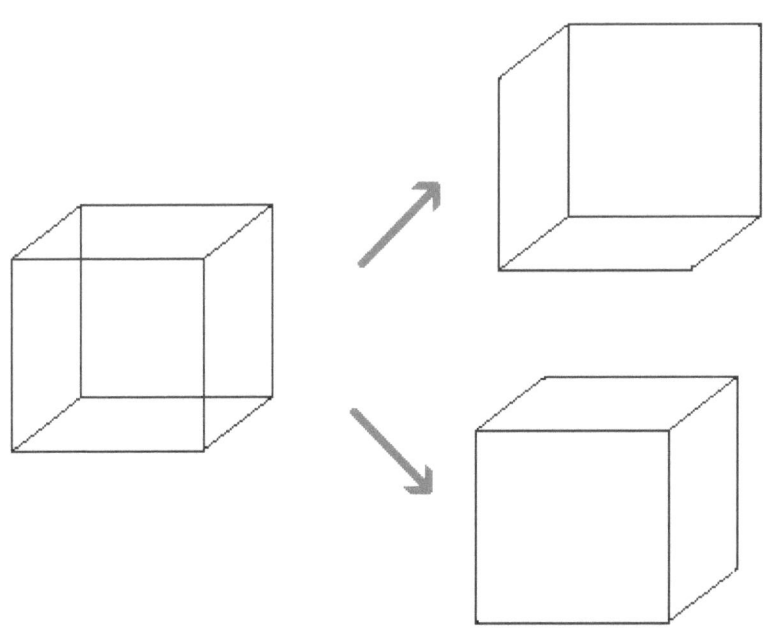

Le triangle ci-dessous est une autre illustration de ce phénomène.

Notre cerveau est un peu perdu pour comprendre comment ce triangle est organisé.

C'est d'ailleurs pour cela que ce triangle a été imaginé.

Notre représentation du réel peut donc être discutable. Les exemples ci-dessus le montrent. Du reste, la nature abonde en illusions d'optique : les animaux s'en servent pour survivre en trompant leurs prédateurs. Cela peut leur servir à paraître plus grands ou plus menaçants qu'ils ne le sont vraiment, ou à se fondre dans la nature, comme les phasmes.

Mais qu'en est-il dans la vie de tous les jours ? Dans celle-ci, on ne se méfie jamais assez de nos propres certitudes, de nos croyances. Pourtant les croyances ne sont que cela : des croyances. Savoir, c'est mieux que croire, disait-on autrefois. Et comment savoir ? Comme on l'a vu, en partant tout d'abord du doute, non d'un doute systématique qui verrait partout des complots de toutes sortes contre la vérité, mais un doute réfléchi, prêt à chercher tous les éléments disponibles pour savoir enfin, pour prouver ou démontrer, plutôt que de croire sans avoir examiné tous les faits. Cet art du doute, c'est ce qu'Opticon Tessour n'a cessé d'enseigner et de promouvoir de toutes les façons possibles.

Il n'a pas non plus cessé de mettre en garde ses concitoyens contre les biais cognitifs. On pourrait qualifier ceux-ci comme des déviations de la pensée, ou plus simplement comme le mauvais traitement d'une information donnée. Les causes peuvent être diverses : trop d'informations reçues, ou qui manquent de sens, ou un manque de temps pour les traiter, ou une mémoire défaillante. On peut aussi distinguer des erreurs de perception, ou d'évaluation, ou d'interprétation logique.

Parmi tous les biais, on distingue ceux liés à nos sens, même si on préfère alors parler d'illusions. Il y a aussi les biais attentionnels : avec eux, nos perceptions sont influencées par nos centres d'intérêt. Les biais mnésiques, eux, sont liés, comme leur nom l'indique, à la mémoire. Par exemple, on retient mieux les dernières informations reçues, ou les premiers éléments d'une liste, ou on réagit mieux à une situation déjà vue. On distingue aussi les biais de jugement qui sont fort nombreux. Par exemple, on peut croire que quelque chose est vrai parce que cela semble probable. Avec le biais d'auto-complaisance, on peut se croire à l'origine de ses réussites, non de ses échecs. Le biais d'engagement, lui, nous pousse à poursuivre une action engagée, même si elle est vouée à l'échec. Ceux qui jouent de l'argent peuvent en souffrir, mais aussi les membres de groupes sectaires, entre autres. Il peut être difficile de se désengager d'un groupe auquel ou a cru, et auquel on a donné beaucoup de temps et d'argent. Avec le biais d'intentionnalité, on voit une intention derrière un fait fortuit. Le biais de confirmation, lui, nous pousse à lire ou ne regarder que ce qui confirme nos opinions ou croyances. C'est aussi donner plus de valeur à ce qui confirme nos croyances, à ce que l'on connaît. Inutile de préciser qu'un tel biais est très répandu. Avec ce biais, notre recherche de l'information est biaisée, son interprétation aussi. D'autant plus que notre mémoire est en outre sélective : elle ne retient pas tout. Le biais de statut quo, quant à lui, nous pousse à rejeter les nouveautés. Avec le biais d'ancrage, on juge d'après une information déjà donnée. Outre ces biais de jugement, dont on n'a vu que quelques exemples, il y a aussi les biais de raisonnement. Par exemple, avec le biais de disponibilité, on ne cherche pas d'autres informations que celles disponibles immédiatement. Avec le biais de perception sélective, on interprète une information de façon sélective, selon notre propre expérience. Avec le biais de dissonance cognitive, on refuse les réalités remettant en cause nos croyances. D'autres biais sont liés à la personnalité : ainsi, par le biais d'optimisme ou d'auto-complaisance, on se croit moins exposé aux risques que les autres – sauf pour les personnes dépressives, pour lesquelles c'est un autre problème. C'est notre point aveugle. Ce biais peut être mortel, si l'on conduit sa voiture en se croyant à l'abri d'un accident, ou si l'on fume ou boit trop, par exemple.

Nous sommes tous assujettis à des biais, Opticon Tessour ne cessait de le rappeler, mais on l'ignore, justement parce que l'on est biaisés. Il se savait lui-même dans ce cas, n'étant nullement assez naïf pour se prendre pour une exception confirmant la règle. Comme beaucoup d'autres, par exemple, il avait parfois confondu corrélation et causalité. Pourtant, ce n'est pas parce qu'un événement s'est produit avant un autre que le second est forcément la conséquence du premier. La réalité est souvent plus complexe. Un fait peut ainsi avoir plusieurs causes, qui peuvent être difficiles à déterminer. C'est souvent le cas. Mais la plupart des personnes préfèrent croire à des réponses simples, sans chercher plus loin, c'est moins compliqué que de chercher un peu plus loin la vérité, quand la réponse peut être plus complexe qu'il n'y paraît. Pour faire une allitération, on pourrait d'ailleurs appeler biais de confusion le fait de confondre coïncidence, corrélation et causalité. Refuser de reconnaître qu'une coïncidence n'est due qu'au hasard ouvre une autoroute au paranormal et à ses explications fantaisistes.

Le biais d'attribution est, lui, lié au procès d'intention. C'est attribuer les fautes des autres à des facteurs internes (agressivité, colère), et les nôtres à des facteurs externes (les circonstances, l'environnement). Pratique pour se déculpabiliser ! Il est plus facile de juger selon la personnalité que de voir, d'examiner le contexte d'un événement.

D'autres facteurs peuvent encore fausser notre jugement et nos actions. Ainsi, en présence d'une agression, une personne seule interviendra plus probablement qu'une personne en groupe, qui s'en remettra aux autres pour le faire. Par ailleurs, faire partie d'un groupe dont on partage les valeurs, c'est voir ses propres croyances ou préjugés renforcés par la participation à ce groupe. L'homme est un être social qui aime se conformer au groupe, alors que ce n'est pas toujours souhaitable. L'air du temps joue aussi. On subit les injonctions de la société dans laquelle on vit : être mince, paraître jeune... On confond aussi ce que l'on croit avec ce que l'on est. On prend pour une attaque personnelle ce qui n'est qu'une critique de nos croyances. C'est là une raison pour ne pas se moquer d'une croyance, car personne ne croit sans raison.

La raison ? On rationalise nos jugements pour nous justifier, au lieu de les évaluer. On défend aussi une opinion parce qu'elle nous plaît, parce que c'est la nôtre, parce que l'on s'est investi dedans, et non parce qu'elle est vraie. On peut aussi se persuader que l'on ne se trompe pas parce que l'on est instruit, ou que l'on croit connaître le sujet. On peut aussi arranger le réel, le rationaliser, pour garder une image positive de nous-mêmes.

Notre cerveau crée aussi des connexions entre des éléments sans lien de causalité, qui ne sont que des coïncidences. Il aime aussi tout mettre des cases généralistes. C'est ce que l'on appelle l'essentialisme. Le problème est que cette catégorisation mène au racisme et au sexisme, aux préjugés de toutes sortes. C'est la formule simplificatrice à l'extrême : « Tous les... sont des... »

S'il y a désaccord entre ce que l'on croit et ce que l'on voit, cela crée un malaise, une contradiction appelée une dissonance cognitive. Nous cherchons à la réduire en ajoutant, en supprimant ou en modifiant des éléments du réel, plutôt qu'en remettant en cause nos croyances.

En plus de tout cela, essayer de convaincre quelqu'un de son erreur peut le renforcer dans celle-ci. Cela peut l'inciter à la défendre encore plus, au lieu de l'aider à la remettre en cause. Désapprendre une erreur est une tâche ardue. Tout au plus, à la façon de la maïeutique de Socrate, peut-on instiller le doute dans l'esprit de notre interlocuteur, en lui posant des questions pertinentes afin de lui montrer que ses croyances peuvent être contradictoires. Mais il faut avancer avec prudence et respect, car l'on peut soi-même se tromper.

Opticon Tessour comprenait en tout cas que le cerveau a ses limites, pour le meilleur comme pour le pire.

Le pire, on l'a vu. Mais il y a aussi le meilleur, donc ! Le meilleur, c'est le fait de raisonner sainement, de pouvoir comprendre et expliquer tout ce qui n'est pas forcément simple.

Le texte suivant illustre bien cela :

« Sleon une édtue de l'Uvinertisé de Cmabridge, l'odrre des ltteers dnas un mot n'a pas d'ipmrotncae, la suele coshe ipmrotnate est que la pmeirère et la drenèire lteetrs sinoet à la bnnoe pclae.

Le rsete peut êrte dnas un dsérorde ttoal et vuos puoevz tujoruos lrie snas porblmèe. C'est prace que le creaveu hmauin ne lit pas chuaqe ltetre elle-mmêe, mias le mot cmome un tuot.»

Pour autant, faut-il tirer notre chapeau au cerveau ? Pas avant d'avoir dit un mot au sujet des préjugés. Et là, nous revenons au pire du cerveau.

Un préjugé est une opinion préconçue, un jugement porté par avance, selon la définition du dictionnaire. Cela révèle aussi une faiblesse de notre cerveau, due à notre paresse intellectuelle, comme à des sentiments qui ne sont pas toujours honorables. Internet et ses algorithmes, qui donnent à l'utilisateur ce qu'il a envie de voir et d'entendre, renforce ses idées, et renforce aussi les préjugés.

Les préjugés contre les étrangers ont toujours été très répandus. Les Grecs anciens considéraient comme barbares tous ceux qui ne parlaient pas leur langue. L'étranger est étrange – d'où son nom. Il représente l'inconnu, le mal, le danger. Les préjugés racistes sont encore largement répandus. Mais les préjugés peuvent être de toutes sortes, sans qu'on les reconnaisse. Nous pouvons en avoir vis-à-vis des personnes, comme on l'a vu, mais aussi en matière de pratiques médicales ou culinaires, par exemple. Certaines pratiques sont liées à la religion, mais d'autres non. Ainsi certains peuples mangent des insectes, d'autres non, sans que la religion ne soit impliquée là-dedans. Certains peuples prêtent aussi des vertus aphrodisiaques aux cornes de rhinocéros, au pénis du tigre, au sang de cobra, au concombre de mer, à la soupe faite avec un nid d'hirondelle, ou à celle faite avec des testicules de taureau, à la mouche espagnole, à la viande de loup ou de chien, aux fournis coupe-feuille, aux œufs de tortue luth, à l'urine de babouin ou à la tarentule frite. Autrefois, on prêtait aussi des vertus médicales à la poudre de cornes de licorne, ou à la momie en poudre.

Croyances ou préjugés ? Les deux sont liés, comme ils sont liés aux biais que nous avons vus. Les préjugés peuvent varier selon les pays et les peuples, mais ils sont partout. Pour les dépasser, il faut s'ouvrir aux autres, par l'éducation, par des rencontres, qu'elles soient physiques ou virtuelles, par la lectures ou tous les médias disponibles.

Dans notre va-et-vient entre le pire et le meilleur du cerveau, revenons maintenant au meilleur. En médecine, la réputation bénéfique de l'effet placebo n'est plus à prouver. Elle l'a déjà été maintes et maintes fois. Faut-il rappeler qu'un placebo est une substance inactive que l'on donne en lieu et place d'un médicament contenant un principe actif ? Un placebo est une illusion qui opère. Son efficacité joue grâce au conditionnement, à la suggestion, à l'investissement même du patient. La relation avec le médecin a son importance, surtout la confiance qu'il inspire, ainsi que la volonté du patient de guérir, ses attentes, ses espérances. L'effet placebo est aussi renforcé si le patient participe à cet effet, par exemple en devant compter les gouttes du placebo, ou en devant le prendre à telle ou telle heure. La taille, la couleur, la quantité et le prix du placebo peuvent aussi jouer sur son efficacité. Tout est dans la tête de celui qui le prend.

Grâce au placebo, le cerveau libère des hormones (des endorphines, et la dopamine, appelée l'hormone du bonheur) qui sont efficaces contre la douleur. Les médecines dites douces utilisent à plein l'effet placebo. C'est notamment le cas de l'homéopathie, dont les gélules ne sont guère que des placebos. Mais même des médicaments authentiques, comme les antidépresseurs, ont un effet placebo qui se superpose à leur effet propre.

L'effet nocebo est à l'opposé : il produit des effets indésirables pour le patient ou la personne concernée. Tout est là aussi dans leur tête : la prise d'un médicament, authentique ou non, peut faire peur, voire entraîner des nausées. De même, quelqu'un peut avoir des maux de tête près d'une antenne-relais de téléphonie mobile, alors même qu'elle est inactive.

La sensibilité du cerveau à la suggestion est aussi démontrée par l'hypnose, ou par l'emprise qu'une personne peut avoir sur d'autres, comme un gourou sur ses adeptes, ou un chef charismatique sur ses troupes de fidèles. Inutile de citer des noms... Opticon Tessour n'avait certes pas l'âme d'un dictateur, il ne cessait plutôt de mettre en garde ses interlocuteurs, souvent trop sûrs de leur fait, sur tout ce qui peut induire le cerveau en erreur. Il aimait ainsi citer le cas des faux souvenirs – ces événements qui n'ont jamais eu lieu, mais dont certaines personnes se souviennent quand même. Chacun mesure sans peine l'importance des faux souvenirs, quand il s'agit par exemple d'accusations d'inceste sur des enfants, ou des témoignages lors d'une enquête policière ou lors d'un procès. La mémoire n'est jamais entièrement fidèle, on se souvient plus ou moins bien d'un fait selon les conditions du moment, et les souvenirs varient avec le temps. La réalité du passé est reconstruite chaque fois que l'on veut la faire remonter à la surface. De plus, des psychothérapeutes peuvent suggérer des souvenirs qui n'en sont pas.

Opticon Tessour aimait aussi à rappeler que la réalité n'est pas la représentation que chacun s'en fait. Elle est objective, non subjective ou relative. Le cerveau, lui, est une machine à fabriquer du sens, par tous les moyens. Peu lui importe la réalité, ce qu'il veut, c'est du sens. Ainsi sont nées les croyances, répétait-il souvent.

La connaissance n'est-elle alors qu'illusion ? En tout cas, l'illusion de la connaissance est pire que l'ignorance, disait Opticon Tessour.

Les croyances ont jadis été nécessaires pour la survie de l'espèce humaine. D'une part, il fallait bien se protéger des prédateurs, et croire au danger pour s'en protéger. D'autre part, il fallait aussi donner un sens à tout. Jadis, chaque aspect de la nature avait donc son esprit, sa volonté : montagnes, rochers, ruisseaux, arbres... Les phénomènes naturels étaient incompréhensibles, on ignorait qu'ils étaient régis par des lois. Selon le poète grec Aristophane, quand il pleuvait, le paysan de son temps s'imaginait que c'était Zeus qui pissait dans une passoire. Puis les dieux sont devenus plus abstraits, plus lointains, on en a retenu un seul, au ciel. En cas d'inondation ou de sécheresse, ou d'une autre catastrophe, certains invoquent toujours une divinité. Mais la religion relève du surnaturel, et le surnaturel ne peut exister, car la nature est soumise à des lois, les lois naturelles. Il fallait bien quelqu'un pour les créer, plaideront les croyants, il fallait donc un créateur.

C'est que croire est avant tout la volonté de croire. Croire est plus facile et plus naturel que douter. La foi permet de changer l'angoisse en espoir. L'idée de Dieu est une idée simple qui résout tout. En plus, c'est bon pour la santé. Dieu est un excellent placebo, et notre cerveau a été programmé pour croire, non pour douter.

Alors, pourquoi ne pas croire ? Parce que si Dieu est une idée qui résout tout, le pourquoi du comment, et qui promet une juste récompense des bons et des méchants après la mort, cela ressemble trop à ce que l'homme pourrait imaginer, désirer. L'idée de Dieu apparaît alors comme profondément humaine, une création de son esprit. Dieu explique tout, simplement, et il est toujours d'accord avec celle ou celui qui le prie. Il justifie nos propres jugements. C'est pratique, mais ce peut être une idée dont il faut se méfier. Le fait d'avoir une foi aveugle peut servir pour tout justifier. Au minimum, cela peut servir à se passer des faits avérés, à rejeter les vérités scientifiques. Au pire, cela peut servir à justifier la guerre sainte, ou des meurtres par des adeptes manipulables qui ne se posent pas de questions.

Selon leurs détracteurs, chaque religion enseigne que toutes les autres sont fausses, et elles ont toutes raison. Au-delà de l'ironie, tout dogmatisme est un danger, car c'est abandonner la raison pour croire sans preuves, aveuglement.

La croyance en un Dieu omnipotent, omniscient et infiniment bon relève en tout cas d'une impossibilité logique, car sa bonté et son omnipotence empêcheraient le mal d'exister (ne serait-ce que le mal causé par les soubresauts de notre planète, si l'on veut laisser de côté le mal causé par les hommes, pourtant censés avoir été créés par lui). Certains croyants recherchent aujourd'hui des preuves scientifiques de l'existence de Dieu, tandis que, à l'inverse, la science ne s'occupe pas de Dieu. C'est que l'existence de Dieu ne peut être prouvée, et son inexistence non plus. On ne peut pas prouver une inexistence. Une absence de preuve n'est pas non plus preuve de l'absence. Les preuves manquent. Tout n'est qu'une question de probabilités.

Si l'on conçoit que le Dieu unique des chrétiens et des musulmans ressemble trop au Père Noël pour être vrai, ne peut-on concevoir un univers cyclique comme en Orient, ou une création par des extraterrestres ou quoi que ce soit d'autre ?

Opticon Tessour n'y croyait pas. Si réincarnation il y avait, disait-il, cela poserait de fameux problèmes mathématiques. Le nombre d'espèces a varié au cours des âges, depuis l'origine de la vie, alors comment tenir la comptabilité ? Quant aux extraterrestres, l'Univers est si grand, qu'il est fort improbable que nous ayons jamais eu des visiteurs de l'espace. Et qui les aurait créés à leur tour ? Ou qui aurait créé Dieu ? Pour Opticon Tessour, ce genre d'interrogations ne menait à rien.

Pour autant, selon lui, il fallait se méfier du vide créé par la mort de Dieu – pour reprendre la vieille formule – et de la fin de certaines idéologies, comme la communisme qui avait été une sorte de religion laïque. Dieu n'était pas mort pour tout le monde, et le terrorisme islamiste était toujours là. Le suprémacisme blanc avait aussi ses courants religieux extrémistes. Quant aux idéologies, si le communisme était bien mort, après avoir fait lui-même des millions de morts, il avait été remplacé par le nationalisme, qui ne valait guère mieux.

Pour Opticon Tessour, il fallait remettre l'homme à sa place. Il fallait enseigner que seul le niveau de complexité ou d'adaptation sépare ce qui est, que tout est matière, que ce soit ce qui est dit animé comme ce qui est dit inanimé. Tout est composé d'atomes qui vont d'un être à un autre, qu'il soit dit vivant ou non. En ce sens, la mort n'existe même pas. Tout n'est qu'un recyclage permanent. La conscience n'est qu'une forme de la complexité. Et elle est bien temporaire : une vie humaine, c'est moins de trois milliards de secondes.

Par sa conscience, l'homme est plus altruiste que ses cousins chimpanzés. L'homme : l'humain, il s'entend. De fait, l'homme (ou l'humain) est surtout féminin : comme nos ancêtres (humains et pré-humains) étaient polygames, ce sont les femmes qui ont le plus contribué au pool génétique de notre espèce. En effet, s'il y a un mâle pour dix femelles, par exemple, on a eu dix séries de gênes transmises par les femelles pour l'unique série transmise par le mâle.

L'évolution explique aussi comment le foyer familial a pu naître. Contrairement à d'autres espèces, chez l'espèce humaine l'ovulation de la femelle est cachée. Il est possible que cela ait obligé le père à rester auprès de la mère afin d'être sûr d'être bien le père de ses enfants. Cela favorisait aussi la survie de la mère et de ses petits.

Les hommes, dit-on, se situent mieux dans l'espace que les femmes, du fait qu'ils partaient jadis à la chasse quand les femmes restaient près de leurs petits. Ils s'intéressent plus aux objets qu'aux personnes, et sont plus jaloux si le sexe est impliqué – par souci de leur patrimoine génétique. Les femmes, au contraire, s'intéressent plus aux personnes, aux expressions des visages, car elles ont été longtemps plus vulnérables, et elles sont plus jalouses si les sentiments sont impliqués. Des milliers et des milliers d'années d'évolution auraient ainsi façonné les comportements de chacun. Cependant, quelques années à peine de culture auraient suffi à modifier ces comportements, mais pas tous. C'est ainsi que la plupart des psychopathes et des personnes incarcérées sont encore des hommes. Il n'empêche, les valeurs féminines sont devenues la norme. Au final, l'humanité est plus féminine qu'il n'y paraît, et le sexe dit faible est le plus fort, et vit même plus longtemps.

De même, l'homme occidental parlait jadis de races inférieures, alors qu'il ne s'agissait que de personnes non encore entrées dans la modernité technologique. Il a suffi de quelques années d'éducation chez ces personnes pour dissiper ce préjugé raciste. L'éducation peut très vite changer les choses, modifier ce qui durait depuis des milliers d'années. Si l'évolution biologique est très lente, l'évolution culturelle est beaucoup plus rapide.

Pour Opticon Tessour, il fallait donc enseigner, toujours et encore. Enseigner les valeurs de la laïcité et de la tolérance, le rejet des dogmes et du prêt-à-penser. Enseigner la méthode scientifique et les valeurs du Bien, du Vrai et du Beau, la règle d'or et la morale laïque, les valeurs républicaines de liberté, d'égalité et de fraternité, les droits de l'homme et des animaux – et même, bien sûr, ceux de la vie et de notre planète. Pour autant, sans se mettre à quasi diviniser la nature, lui prêter des intentions ou une valeur morale. Sauver la planète, oui, mais sans oublier l'humanité. Toute une philosophie, assurément ! Il n'y a pas que la foi, répétait encore Opticon Tessour, il y a aussi la philosophie, oui, et aussi la poésie, la science, et tant d'autres domaines à explorer pour mieux comprendre le monde, pour mieux l'apprécier. Et aussi, bien sûr, l'amour. Tout cela pouvait constituer largement de quoi combler tout vide existentialiste.

Il faut cultiver l'art de vivre, car vivre est un art, disait-il souvent. C'est ce que nous allons voir maintenant. Cela faisait partie intégrante de sa philosophie, mais pour plus de clarté, nous allons traiter de ce sujet dans un nouveau chapitre.

VII

L'art de vivre tessourien en douze pistes

Opticon Tessour avait défini l'art de vivre qui doit conduire au bonheur en douze verbes. Il était certes conscient qu'il n'y a aucune recette miracle pour être heureux, que cela dépend aussi bien de dispositions génétiques, de l'environnement politique, économique et social, que des efforts que chacun peut faire pour trouver le bonheur. Néanmoins, il trouvait utile de rappeler quelques principes de base, définis selon lui en une douzaine de verbes, comme douze marches vers le bonheur. Ces marches sont définies ci-après, mais elles ne sont pas forcément à emprunter l'une après l'autre. En fait, chaque marche ressemble à une autre. En emprunter une, c'est aussi emprunter les autres. En fait aussi, ce ne sont pas vraiment des marches, plutôt des points de réflexion ou de progression. En fait encore, ce ne sont même pas des points de réflexion ou de progression vers le bonheur. Peut-être, juste quelques pistes vers la paix de l'esprit. Nous appellerons donc cela l'art de vivre tessourien en douze pistes pour réussir sa vie. Celles-ci sont développés dans les pages suivantes, d'après les notes laissées par Opticon Tessour.

Piste 1 : Comprendre, et savoir ce que l'on veut

Comprendre vient en premier, car c'est tout le pouvoir de la connaissance. Comprendre, cela suppose tout d'abord de réfléchir.

Ici, cela suppose de réfléchir à ce qui nous rend heureux et à ce qui nous rend malheureux, puis de comprendre ce qui nous rend heureux, et ce qui nous rend malheureux. Ce que nous aimons, et ce que nous n'aimons pas, ou moins. C'est le début de tout. Cela doit nous guider dans nos choix et nos actions, tout simplement pour que nous fassions ce qui nous rend heureux, en évitant ce qui nous rend malheureux. Cela vaut aussi pour les personnes que nous fréquentons. Certaines peuvent être à éviter.

Comme l'on recherche ce que l'on aime, cela doit nous permettre de comprendre ce que l'on veut, et donc de définir les objectifs que l'on peut se fixer. Savoir ce que l'on veut permet de réfléchir aux moyens d'atteindre nos buts, et cela dans tous les domaines. Cela peut impacter l'éducation que nous devrons suivre ou l'argent que nous devrons mettre de côté, ou les personnes que nous devrons fréquenter. C'est comprendre où l'on est, où l'on veut aller, et ce qu'il faut faire pour y aller. Dans l'idéal, nul ne devrait survivre au lieu de vivre, ni ne dépendre que des aléas de la vie. Chacun doit autant que possible être maître de sa vie et savoir vers où la guider. C'est la base de la liberté humaine.

Comprendre le rôle du cerveau est aussi essentiel, nous l'avons vu. En cas de mauvais choix, cela peut nous aider à comprendre, justement, que tout n'est peut-être pas de notre faute. Notre cerveau peut nous avoir induit en erreur. Des millénaires d'évolution l'ont conçu avant tout pour nous protéger des prédateurs, non pour raisonner. Ce qui l'intéresse, c'est notre survie. Sachons donc lui pardonner quelques petites erreurs, sans pour autant nous défausser et l'accuser de tous nos maux. Le cerveau élabore des prédictions sur ce qui est bon pour nous. Ce qu'il veut, c'est un équilibre entre nos dépenses et nos gains d'énergie. On a pu dire alors que nos humeurs seraient liées à ce qu'il perçoit de l'état de notre corps. Un individu surmené pourra ainsi être de mauvaise humeur, contrairement à un individu n'ayant pas dû fournir un surplus d'énergie. Le bonheur suppose alors de ne pas trop fatiguer notre cerveau, ni en amont notre corps.

Il faut aussi comprendre la chance que nous avons tous d'être en vie. Vivre est une chance extraordinaire qui est même peut-être unique dans l'Univers. Imaginez le nombre incroyable d'événements totalement fortuits qu'il a fallu pour que vous soyez là actuellement. Cela dépasse l'imagination ! Que ce soit la vie sur Terre, son évolution, la rencontre de tous vos ancêtres, rien n'était programmé à l'avance, rien n'était inévitable ! Certes, vous pouvez croire le contraire, que tout était écrit, programmé – c'est votre droit, c'est votre croyance, mais justement, ce n'est qu'une croyance, un objet de foi qui ne repose sur aucune preuve.

Et si vous êtes malade, handicapé, pauvre, seul ? L'être humain a toujours un potentiel pour améliorer sa situation. En outre, les plus grands plaisirs de la vie sont gratuits, de l'amour et de l'amitié de quelqu'un à la beauté de la nature. Même un handicapé, pauvre et malade, vivant seul sur un trottoir d'une ville surpeuplée peut trouver des satisfactions dans la vie. On pourrait certes en douter, pourtant nombre de personnes sont passées par là, certaines s'en sont sorties, d'autres non, mais la plupart ont supporté leur sort sans mettre fin à leurs jours. Le monde finit quand le compagnon ou la compagne d'une vie meurt, mais la vie continue cependant. Entre résignation et révolte, l'adaptation est possible. Certains y renoncent, non la majorité cependant. L'adaptation est, en effet, naturelle.

Comme notre cerveau est trompé par les illusions d'optique, nos rêves trompent notre imagination. On pourrait croire que l'on sera comblé de bonheur si tel ou tel rêve se réalise. En fait, il peut se réaliser, mais au bout d'un an, sera-t-on plus heureux pour autant ? Au lieu de gagner au loto, par exemple, on peut avoir un accident et devoir se déplacer en fauteuil roulant. Dans les deux cas, on s'adaptera à la situation. Un an après, nos conditions de vie auront changé, notre niveau de bonheur pas forcément.

La vie que nous vivons aurait-elle pu être pire ? Probablement ! Tous les malheurs du monde ne tombent généralement pas sur nous. Aurions-nous été plus heureux en étant un animal ou un plante ? C'est peu probable. L'horizon social et culturel d'un être humain est infiniment plus large que celui de tout autre créature. Ce qu'il faut donc comprendre, c'est qu'il faut faire la part des choses, savoir tout remettre en perspective, relativiser nos problèmes dans une perspective plus large. Après tout, tout n'est peut-être pas aussi dramatique qu'il n'y paraît...

Qu'est-ce qui est important dans la vie ? C'est aussi ce qu'il faut comprendre. Assurément, ce ne sont pas les biens matériels. Il en faut certes un minimum pour vivre décemment, pour se loger, se nourrir, s'habiller, se déplacer et se distraire éventuellement. Mais le plus important dans la vie ne s'achète pas, que ce soit l'air que nous respirons, la lumière du jour qui nous éclaire, ou des valeurs comme l'amour ou l'amitié.

Comprendre cela, c'est comprendre tout le bien qu'il peut y avoir à se simplifier la vie. Ne plus rechercher tel ou tel bien parce que la publicité le vante, ou parce que telle personne l'a déjà, c'est se libérer d'une course aux achats qui pourrait être sans fin. Se simplifier la vie, c'est savoir se concentrer en premier lieu sur l'essentiel, sur ce qui compte le plus et, assurément, il ne s'agit pas des biens matériels, ni de la recherche d'une vaine gloire. Une fois les besoins de base satisfaits, pour se loger et se nourrir, il faut comprendre toutes les opportunités que la vie nous offre, choisir où nous voulons aller, et agir en conséquence.

Comprendre le Vrai, le Bien et le Beau, c'est aussi le fondement de la philosophie, et de la vie même.

Si l'on arrive donc à comprendre ce qu'il faut comprendre, ce sera déjà un début prometteur pour une vie heureuse ou, en tout cas, apaisée, ce qui est l'essentiel. Le bonheur n'est jamais garanti, c'est ce qu'il faut enfin comprendre. Mais la paix de l'esprit, par contre, est à notre portée.

Piste 2 : Croire, donc y croire

Voici un verbe qui peut avoir plusieurs significations.

Croire, c'est avant tout tenir quelque chose pour vrai. Mais aussi plus ou moins. Dire : « Je crois en Dieu », n'a pas la même signification que de dire « Je crois qu'il va pleuvoir ». Dans un cas, on en est sûr (ou plus ou moins), dans l'autre non. Croire peut aussi s'employer dans d'autres cas, comme : « Dans mon rêve, je croyais que je marchais sur l'eau », ou encore : « Je te crois sur parole », « Je crois en toi », « Il se croit intelligent. »

Dans tous les cas, il faut croire. Pas forcément en Dieu, aux revenants ou aux extraterrestres (les preuves manquent), mais tout d'abord en soi et aux autres. Il faut aussi, bien sûr, croire en la vie. Avec, bien sûr, toute la prudence qui s'impose, car s'il faut croire, il ne s'agit pas de tout croire, selon le proverbe : « Douter et croire tout, ce sont deux grands défauts partout. »

Croire en soi et aux autres, c'est se faire confiance, et leur faire confiance. La confiance est indispensable pour avancer dans la vie. Cela suppose aussi que tout un chacun bannisse le mensonge et la mauvaise foi, ce qui n'est pas gagné d'avance, surtout à l'égard des autres. Quant à soi-même, pourquoi se mentir, se voiler la face ? À propos de face, c'est la vérité qu'il faut regarder en face, quitte à faire ce qu'il faut pour la modifier si elle ne nous convient pas.

Mais croire en soi, voire aux autres, ne suffit pas. À défaut de pouvoir croire en une sorte de Dieu-Papa

Noël, qui serait omnipotent, omniscient et omniprésent, il faut bien croire à quelque chose, sinon la vie n'aurait aucun sens et ne mériterait pas d'être vécue. Même si – on l'a vu – le fait d'être croyant est bon pour la santé, nul ne peut s'obliger à croire, si ce n'est pas dans sa nature. Un esprit recherchant la rigueur scientifique sera moins attiré par la foi qu'un autre. Avec des exceptions, bien sûr, la foi pouvant toucher la sensibilité d'une personne selon son histoire propre. Cependant, tout le monde croit quand même, parce que croire est dans notre nature, parce que croire, c'est avant tout la volonté de croire, et parce que nous croyons ce que nous espérons. Mais alors, en quoi croient ceux qui ne croient pas ? – si l'on peut utiliser cette formule. Et, en dehors de leur foi, en quoi peuvent aussi croire les croyants ?

Tout d'abord, une question : faut-il « croire à » ou « croire en » quelque chose ou quelqu'un ? Selon l'Académie française, « croire en » marque un abandon plus confiant, souvent du cœur, pouvant entraîner un comportement moral ou religieux. Alors, à quoi « croire en » ? En soi et aux autres, certes, mais encore ? En la vie – on l'a vu aussi.

Il faut croire en soi et aux autres, a-t-on dit, et il faut aussi croire en la vie et en l'avenir. Cela permet d'être positif, de voir le bon côté de la vie, cela aide à se découvrir des buts dans la vie, un sens ou des sens dans la vie, cela permet de voir des solutions aux problèmes, et de vivre une vie apaisée, de dominer son anxiété. Croire en la vie et en l'avenir, c'est chercher à être maître de son destin, à se construire l'avenir que l'on se souhaite, vivre sa vie choisie au lieu de vivre une vie subie.

À cet égard, cette piste récapitule l'art de vivre tessourien et son dernier point qui sera de profiter de la vie.

Pour profiter de la vie, il faut y croire. Cela passe d'abord par la confiance en soi, le respect de soi-même, et croire que l'on peut réaliser ses rêves, se fixer des objectifs et persévérer pour y arriver. Il s'agit aussi de prendre conscience de son potentiel, voir ce que l'on aime et qui nous rend heureux. Ensuite, il ne faut pas douter de tout, avoir peur de l'avenir, mais il faut savoir planifier les tâches pour avancer pas à pas, et savoir relativiser les problèmes, ces derniers pouvant d'ailleurs permettre de réévaluer ses priorités et ses points forts, tout en tirant des leçons de ses échecs. Il faut aussi accepter le changement, en faire un défi, une aventure. Notre cerveau aime la routine qui est rassurante. Sortir de notre zone de confort réveille notre cerveau. Il faut encore savoir visualiser ce que l'on veut, visualiser le chemin à suivre et les difficultés qui peuvent surgir, afin d'être prêt à les affronter. Enfin, il faut travailler au but à atteindre, en étant optimisme et en se concentrant sur nos priorités.

Tout un programme !

Certainement !

Encore faut-il y croire !

Piste 3 : Agir

Quand on a compris, que l'on sait ce que l'on veut et que l'on y croit, il faut passer à l'action, mettre en pratique ce que l'on a compris. Il faut donc agir, prendre l'initiative, de préférence avec motivation, et en y croyant, bien sûr !

Il y aura forcément des choses à changer. Tout changement perturbe, est dérangeant, et peut faire peur. Notre cerveau aime bien rester dans sa zone de confort. Pour autant, il est essentiel de le stimuler, et pour cela il faut sans cesse se fixer de nouveaux objectifs, tenter de nouveaux défis. Le changement peut être un tel défi, surtout s'il suppose de quitter son logement ou sa région, son travail ou son conjoint. Partir peut être douloureux, mais c'est parfois indispensable. De toute façon, il faut bouger, physiquement et mentalement, car c'est le sens même de la vie. La vie est dans le mouvement. Cela demande de l'énergie, et donc d'avoir autant que possible une bonne santé. Bouger, c'est d'ailleurs prendre soin de soi, de son corps. Marcher ou courir, ou simplement prendre l'air, c'est s'aérer l'esprit, et c'est bon pour le mental, comme pour la santé. L'alimentation est aussi un point important, avec la tempérance comme guide, tout excès étant mauvais. Il est aussi recommandé d'adopter les comportements des gens heureux, de se comporter comme eux. Cela peut avoir un effet stimulant, et c'est bon pour le mental.

Savoir agrémenter son cadre de vie, savoir choisir les couleurs qui nous font du bien, pour notre logement ou pour nos vêtements, tout cela n'est pas non plus à négliger. Ce qui peut paraître insignifiant a son importance. Si l'on vit en milieu urbain, une simple photographie représentant un paysage naturel peut déjà produire un effet positif. Cela a été démontré en milieu hospitalier. Pour les vêtements, la couleur bleue serait à préférer, selon une étude. Mais bon, si tout le monde s'habillait en bleu, on ne verrait peut-être plus la vie en rose. Et puis, on n'est pas au pays des Schtroumpfs. À nuancer, donc, selon les goûts de chacun, car des goûts et des couleurs, on ne discute pas.

Agir, cela peut-être aussi chercher de l'aide quand on n'arrive pas à résoudre ses problèmes tout seul. Pour les cas graves, cela peut être indispensable. Il s'agit alors de ne pas se tromper sur l'aide recherchée, les charlatans abondant en ce monde, notamment chez ceux qui prétendent soigner les maux de l'âme. Agir, c'est aussi communiquer, participer. Participer, ce peut être de s'intégrer à un projet avec d'autres personnes. L'être humain est un individu social, il doit donc s'intégrer à un groupe ou à un autre. Il appartient à chacun de choisir ses relations et son niveau d'intégration, selon le bénéfice qu'il peut en tirer. Renoncer à la solitude n'est pas renoncer à toute liberté. Il faut toujours savoir en effet se préserver un espace de liberté, du temps à soi, pour agir, ou même ne rien faire à sa guise.

Agir, réagir, oui, mais pas n'importe comment ni n'importe quand : toujours avec détermination et prudence, et au bon moment.

Piste 4 : Persévérer

Commencer à agir, c'est bien, mais il faut ensuite persévérer. Le problème est de savoir jusqu'à quand. Parfois, on peut tout arrêter en chemin, par fatigue ou découragement, alors même que la victoire était peut-être à portée de main. Comment savoir ? Si le chemin était le bon, mieux vaut persévérer, plutôt que d'avoir des regrets ou des remords plus tard. Mais il faut être sûr que c'était vraiment le bon chemin. Persévérer dans l'erreur est diabolique, dit-on aussi (« Errare humanum est, perseverare diabolicum », en latin). Avant d'entreprendre quoi que ce soit, il faut donc bien voir si le but en vaut la peine, s'il est juste, et si l'on sera capable de l'atteindre. Il faut calculer la dépense, voir le pour et le contre. Une bonne préparation est donc essentielle.

On a vu que les biais cognitifs peuvent fausser notre jugement. Par le biais d'engagement, on hésite à abandonner une cause pour laquelle on s'est déjà bien engagé. Si l'on a donné quelques billets à un marabout pour une guérison miraculeuse, on renoncera plus difficilement à lui donner quelques billets de plus s'il nous garantit que la guérison est assurée à l'étape suivante. Le marabout, ce peut être aussi tel produit miracle vendu en ligne, ou un engagement, pécuniaire ou non, pour telle ou telle cause.

Prudence, donc. Mais surtout, préparons bien le chemin avant le départ.

Piste 5 : Se relever

La vie n'est jamais un long fleuve tranquille, la vie apporte forcément son lot de contrariétés et de malheurs. S'il n'y en avait jamais, comment saurait-on d'ailleurs ce qu'est le bonheur ? Même quand on croit avoir tout prévu, l'imprévu frappe toujours, pour le meilleur et pour le pire. Quand c'est pour le meilleur, ce n'est pas un problème, encore que cela puisse demander une certaine sagesse pour ne pas abuser de tout ce qui peut nous être favorable. Mais quand c'est pour le pire, cela demande encore plus de sagesse. Tout d'abord, il faut savoir mettre les choses en perspective. Un malheur n'est pas la fin du monde, même si ce peut être la fin d'un monde, quand un être cher disparaît ou qu'un rêve s'éteint. Comme toujours, l'adaptation est la clé, il faut avoir la force de s'adapter à une nouvelle vie, une nouvelle situation. Il faut donc se relever pour continuer, pour reprendre la vie, certes peut-être différemment, peut-être en modifiant le cap, mais toujours avec détermination, en sachant retrouver les forces nécessaires.

Le philosophe Sénèque, qui vécut il y a deux mille ans l'a si bien écrit ainsi : « La vie, ce n'est pas d'attendre que les orages passent, c'est d'apprendre à danser sous la pluie. » La citation est bien connue, ce qui ne l'empêche pas d'être profondément vraie, même si le fait de danser n'est pas absolument indispensable. Ce qui l'est, par contre, c'est de savoir affronter les orages, et de se relever, de reconstruire au besoin ce qui a été détruit. Face à l'imprévu, aux coups du sort, ou à tout événement désagréable, chacun doit savoir faire preuve de résilience. La résilience ? C'est la capacité de faire face aux chocs traumatiques. Certains en sont plus aptes que d'autres dès le départ, mais il est indispensable pour tous de l'acquérir afin de résister aux épreuves de la vie. Du reste, comme la sagesse, la capacité de résilience peut croître avec les années, mais elle peut aussi diminuer. Le terme est à la mode, mais il ne faudrait pas pour autant tout y mettre, ni culpabiliser ceux qui ne se sentiraient pas résilients. Chacun encaisse un choc comme il peut. Certains, plus défaitistes que d'autres, ont plus de mal à se relever, ou n'y arrivent pas. Ce serait une erreur de leur en vouloir, ou de leur mettre la pression pour qu'ils soient à nouveau d'attaque. À ce propos, on peut regretter la disparition des périodes de deuil. Autrefois, les personnes endeuillées se signalaient par des vêtements noirs ou un brassard noir, afin que tout un chacun respecte leur peine. Le monde moderne a supprimé cela, et l'on demande en plus à ces personnes d'être à nouveau en pleine forme le plus vite possible. Il faut reconnaître que cela peut être assez pénible, et même profondément cruel.

Savoir se relever après un coup du sort, savoir rebondir, c'est certainement souhaitable, nul n'en doute. Mais le respect dû à ceux qui ont du mal, ou qui ne peuvent pas, l'est tout au plus. On appelle cela la compassion. Savoir en faire preuve fait aussi partie de la présente piste, car c'est aider quelqu'un à se relever après une épreuve.

Piste 6 : Aimer

Dans l'idéal, pour bien faire quelque chose, il faut aimer le faire. À défaut, le simple fait d'aimer facilite la vie.

Selon un proverbe tibétain :

« Le secret pour bien vivre est : manger la moitié, marcher le double, rire le triple, et aimer sans mesure. »

Ce petit texte résume tout en quelques mots, en quatre principes. Les trois premiers concernent notre santé, physique et mentale. Nul besoin de les commenter, ils sont aussi courts que vrais. Seul le quatrième mérite ici notre attention.

Aimer sans mesure : aimer sans compter donc, car quand on aime, on ne compte pas, c'est bien connu. Aimer est obligatoire, car comment vivre sans aimer ? Tout le monde aime forcément quelque chose ou quelqu'un, c'est une évidence. Plus on aime, plus on a de chance d'être heureux, à condition toutefois d'aimer ce qui est convenable, c'est une autre évidence.

On peut aimer jusqu'à en mourir : par exemple, en se faisant tuer pour libérer son pays, en se noyant ou en se faisant carboniser en voulant sauver des inconnus. Il y a cependant plusieurs niveaux dans l'amour.

L'amour des choses est au niveau le plus bas. On peut aimer les belles voitures, les beaux meubles, ou je ne sais quoi d'autre, mais cela n'apporte qu'une satisfaction limitée. Les objets ne parlent pas, n'ont pas de sentiments, et n'ont pas non plus d'âme, pour répondre à une célèbre question (« Objets inanimés, avez-vous donc une âme ? »). Difficile d'échanger des idées avec des objets, on peut leur parler, mais la réponse peut de faire attendre...

L'amour des phénomènes de la nature ou des caractéristiques de la matière vient ensuite : on peut aimer la neige, la couleur bleue, la mer, le sable, la montagne, la campagne... C'est déjà un peu plus vivant, même si l'on n'est pas animiste. Il s'agit d'ailleurs des caractéristiques de la vie elle-même. C'est déjà l'amour de la vie.

Il y a aussi l'amour des valeurs morales : on peut aimer l'honnêteté, la politesse, etc. Mais aussi ce qui est moins estimable : la violence, la vengeance... Il y a aussi l'amour de la bonne cuisine, de la patrie ou des bons vins, de la littérature, de la peinture, du sport. On peut aimer lire, écrire, jardiner, jouer du piano ou au football... La liste peut être fort longue, presque infinie. C'est ici aussi une des caractéristiques de la vie, une façon d'aimer la vie. L'amour peut déjà y être passionnel.

L'amour des animaux s'inscrit dans l'amour porté aux êtres vivants. Comme les animaux ne font pas partie de notre espèce, comme on ne peut pas interagir avec eux de la même façon qu'on le fait avec les êtres humains, on peut classer cet amour dans une catégorie à part. Cependant, on peut commencer à parler avec l'être aimé, qui répond à sa façon, en aboyant et en remuant la queue, en miaulant ou en ronronnant, et ainsi de suite.

L'amour pour les êtres humains, nos semblables, devrait logiquement être au-dessus des autres. Ce n'est pas forcément le cas, on peut préférer ses chats à ses voisins, les uns étant plus proches et plus familiers que les autres, qui peuvent aussi être moins aimables. Ce n'est donc pas choquant en soi, même si l'éthique oblige à considérer que la vie humaine importe plus que la vie animale. Après tout, il paraît que les chats ont plusieurs vies, alors que les voisins n'en ont qu'une. Au-delà de la boutade, ce qu'il faut retenir, c'est qu'en cas de besoin, les voisins, même s'ils nous sont indifférents d'ordinaire, ont priorité sur nos amis les chats. Mais c'est de l'éthique, non de l'amour. Force est donc de considérer que l'on peut aimer davantage nos chats – ou nos chiens, voire notre tranquillité – que nos voisins. Après tout, on ne vit pas dans un monde idéal, où tous nos amours s'additionneraient sans fin, au lieu peut-être de se soustraire.

Quoi qu'il en soit, l'important est d'aimer, aussi bien les chats que la littérature, la cuisine ou le sport. À condition que l'amour ne soit pas exclusif, obsessionnel, et qu'il soit éthique. Il y a tant à aimer dans la vie, que ce serait dommage de tout gâcher en aimant ce qu'il ne faut pas. L'amour peut en effet revêtir de multiples formes, il peut même être dévoyé. Les pédophiles, ainsi que ceux qui sont sous l'emprise de passions perverses, devraient rechercher de l'aide. Par amour pour eux-mêmes et pour les autres.

Aimer, c'est aussi être amoureux et voir la vie en rose. Les mariages d'amour ont remplacé les mariages arrangés, et maintenant les unions libres et les mariages temporaires remplacent de plus en plus souvent les mariages pour la vie. Mais pourquoi deux êtres qui s'adoraient et qui s'étaient promis tant et plus en viennent-ils à se disputer et se séparer, parfois même à se haïr ? Bien sûr, ils ont pu se tromper, ou ils ont changé, ou leur situation a changé. Le monde lui-même change sans cesse. Dans un couple, chacun a maintenant un travail, et cela change les perspectives. On peut aussi se demander si une union pour la vie est quelque chose de normal. Tous les animaux ne sont pas particulièrement fidèles, et chez les êtres humains il y a aussi la polygamie et la polyandrie. On a aussi pu dire que l'amour n'est fait que pour durer trois ans, le temps de faire un enfant et qu'il soit sevré.

L'union pour la vie est-elle alors une anomalie, un défi impossible à relever ? Le fait qu'il y ait encore des mariages pour la vie heureux démontre le contraire. Une union stable apporte aussi la sérénité et est bonne pour la santé. Ce côté pratique n'empêche pas un certain romantisme de perdurer dans une telle union, même si la passion s'est transformée au fil des années en ce que certains appellent une amitié amoureuse. Le mépris et l'ignorance tuent les couples, alors que la bienveillance et la gentillesse au quotidien les font durer. Un engagement fort, mariage ou PACS, les solidifie encore plus. Dans les couples qui durent, chacun se soutient et se fait confiance, a une certaine admiration remplie de respect pour l'autre, lui parle et est à son écoute, partage son temps, sait parfois fermer les yeux, faire des compromis, est tolérant, et fait preuve d'humour, d'humilité, sans tout dramatiser, mais sait dédramatiser certaines situations. En outre, dans ces couples, chacun sait se préserver une marge d'indépendance, tout en sachant préserver aussi l'intimité du couple, entretenir la flamme commune et briser la routine quotidienne. Enfin, pour qu'un couple dure, il vaut mieux avoir des points communs que le contraire. Si les contraires peuvent s'attirer, à la longue c'est plus difficile à supporter. Que voilà tout un programme ! Et encore, ce ne sont que quelques pistes, certains couples en font plus, d'autres en font moins. Parmi ces derniers, tous ne sont pas heureux. Mieux vaut donc en faire plus. Vivre en couple stable à partir d'un certain âge est en tout cas recommandé pour être heureux. Un certain âge ? Cinquante ans, pour avoir une vieillesse heureuse, d'après une étude. Cela laisse un peu de temps à beaucoup de personnes... En dehors de ces mariages qui durent, chacun doit composer, soit avec des unions temporaires, soit avec des familles recomposées, soit encore avec le fait de vivre seul. Dans ces situations, l'amour est aussi à cultiver pour le bien commun, ou pour son bien propre. L'important est d'aimer toujours, car cesser d'aimer, c'est perdre toute motivation pour vivre et avancer. Le manque d'amour entraîne la dépression. D'amour ou d'amitié, bien sûr, car il n'y a pas que l'amour conjugal ou familial. D'une façon ou d'une autre, il faut aimer, car c'est l'essence de la vie. Aimer un homme ou une femme, un animal, ou vivre sa passion, mais en tout cas aimer quelqu'un ou quelque chose.

Piste 7 : Pardonner

Pardonner peut avoir un aspect religieux, ce qui peut mettre mal à l'aise, mais il faut voir ce que l'on met derrière ce mot. Pardonner, c'est avant tout se libérer d'un poids. S'il faut pardonner, à soi-même et aux autres, c'est avant tout pour son propre bénéfice. Le pardon réduit en effet l'anxiété, la dépression, et permet de vivre une vie plus apaisée.

Tout d'abord, il faut savoir se pardonner soi-même, selon la formule « Charité bien ordonnée commence par soi-même ». Trop de personnes souffrent parce qu'elles ne savent pas se pardonner leurs erreurs passées. Elles traînent sans fin un sentiment de culpabilité. Bien des personnes âgées revivent en pensée des périodes de leur vie qui les ont fait souffrir, parfois de leur propre faute, mais pas toujours. Elles oublient que ce qui est fait est fait, et qu'il ne sert à rien de gémir à ce propos. Il faut savoir se réconcilier avec son passé, et tourner la page, après avoir tiré les leçons de ses erreurs. Ce conseil est du reste valable pour tout un chacun.

Le pardon, ce n'est cependant pas forcément oublier ou excuser la faute. Ce n'est pas non plus renoncer à une action devant la justice si elle est nécessaire. La société a besoin de justice, et si un mal important a été fait, le coupable doit rendre des comptes devant la justice, et non seulement devant la victime. Le pardon est avant tout un processus de renonciation à la vengeance, et de sortie d'une obsession envers le coupable. À cet égard, c'est une libération. Le pardon est difficile car il incombe à la victime. Mais il est bénéfique pour elle, car il lui permet de reprendre sa vie en main et de renoncer à souffrir davantage, d'en finir avec ses ruminations qui la rongent. On pardonne pour soi, pour se libérer de la haine et du ressentiment.

Certaines personnes se sentent la force d'aller plus loin, au sens plus habituel de ce que l'on entend par pardonner, c'est-à-dire d'oublier la faute dont on a été victime, et de renoncer à tout ressentiment envers le coupable. Cela demande de se mettre à la place du coupable, d'essayer de le comprendre, de lui trouver des circonstances atténuantes, voire même d'éprouver de la compassion pour lui. Après tout, il peut être en souffrance, prisonnier de ses propres perversions. Cette démarche va à l'encontre de ce que demande notre cerveau. Celui-ci aime bien diaboliser ceux qui nous ont fait du mal, car tout au long de l'évolution humaine, cela a contribué à notre survie en tant qu'espèce. Mais la plupart des personnes peuvent avoir des circonstances atténuantes, plus ou moins valables. Cela ne saurait empêcher la justice de sanctionner leurs actes, sinon tout serait permis et la violence serait partout. Un crime commis contre une victime l'est aussi contre la société, et la société réclame justice. Ce type de pardon demande aussi la plus grande prudence, car les agresseurs peuvent en profiter pour recommencer.

Le pardon, c'est enfin le courage de demander pardon quand on est en tort. C'est une démarche nécessaire quand on vit en société. Cela procure aussi la paix de l'esprit quand cela a été fait.

Piste 8 : Donner, aider

« Il y a plus de bonheur à donner qu'à recevoir», selon une parole attribuée à Jésus. Si elle a pu être du pain bénit pour les prédicateurs chrétiens, la formule peut aussi avoir sa valeur d'un point de vue laïque. On part, bien sûr, du principe qu'il s'agit de donner quelque chose de bon, non de donner des coups, par exemple.

Donner fait partie de la vie, tout le monde donne, ne serait-ce que de son temps. Et comme le temps, c'est de la vie, c'est déjà là le don le plus important qui soit.

On peut aussi donner de l'argent, avec toute la prudence qui s'impose pour ne pas se faire abuser. On peut aussi partager son savoir, ses talents. Consacrer sa vie à une œuvre, à une ou des personnes, est aussi une forme de don. Donner sa vie pour sauver quelqu'un ou son pays est le don ultime.

Plus simplement, et selon les circonstances, on peut commencer par un simple sourire ou éviter de laisser transparaître sa mauvaise humeur ou ses états d'âme. On peut aussi donner de la joie, du plaisir, de l'apaisement, de l'assurance, de la confiance, et la liste pourrait continuer. Donner ou partager, aider, faire plaisir, ou simplement être utile ou agréable aux autres, les occasions ne manquent pas. Après tout, vivre, c'est aussi faire une différence dans la vie de quelqu'un – une différence positive, de préférence. Déjà un petit don se soi au quotidien.

Piste 9 : Remercier

Ne pas oublier d'exprimer sa gratitude est un élément essentiel de la vie en société. Remercier, c'est exprimer sa reconnaissance, donc reconnaître la valeur d'un service rendu.

Certaines personnes ont du mal à remercier, par manque d'éducation, d'empathie ou de compétences sociales, ou encore parce qu'elles considèrent que les personnes qui leur ont rendu service le leur devaient, et n'ont fait que leur devoir. Cela peut créer un certain malaise et de la méfiance, voire de l'hostilité, un rejet, chez les personnes qui s'attendaient à recevoir un remerciement pour un service rendu.

Remercier et recevoir un remerciement apportent cependant des avantages à tout le monde, cela contribue au bien-être des uns et des autres, en augmentant la sympathie qu'ils peuvent éprouver. Dans certains cas, il peut certes être difficile de dire merci, ou l'on peut s'en sentir dispensé si, par exemple, une prestation payante a été mal réalisée. Mais en général, dire merci ne coûte rien et est au bénéfice de tous. Il est dommage que le verbe « remercier » ait été galvaudé pour signifier aussi « licencier » – ce dernier mot ayant aussi été transformé en « limoger », au détriment cette fois des habitants de Limoges qui n'avaient rien demandé.

Merci donc maintenant pour votre attention !

Piste 10 : Avoir une éthique

L'éthique, c'est l'art de vivre comme il faut. C'est savoir comment vivre, et comment vivre bien. C'est un choix de vie, selon les valeurs que nous avons. Vivre selon ces valeurs donne un sens à la vie. Le mot est couramment lié à la morale, mais la morale, c'est juste le minimum vital pour vivre en société. C'est se comporter de manière à respecter la personne d'autrui. C'est ce qui définit nos devoirs, ce que nous devons faire.

Avoir une éthique et vivre selon elle est indispensable pour vivre en paix avec les autres et avec soi-même. Qui pourrait dire du mal de qualités morales comme l'honnêteté, l'amabilité, la patience, la loyauté, le fait d'être une personne de confiance faisant preuve de respect, de responsabilité, d'empathie, d'attention, d'équité, de courtoisie, de tolérance et de pardon quand c'est possible ou souhaitable, et enfin d'amour même ?

Les valeurs humaines fondamentales qui fondent l'éthique sont la vérité, la justice, le respect, la liberté, l'amour et la beauté. La justice doit être fondée sur la vérité, afin d'obtenir l'égalité et la paix. C'est l'image du glaive et de la balance qui imposent l'impartialité. Le respect impose pour sa part la tolérance, ainsi que la fameuse Règle d'or : ne pas faire aux autres ce que l'on ne voudrait pas qu'ils nous fassent. L'amour est la cerise sur le gâteau qui va au-delà de la Règle d'or, qui n'est qu'une règle morale. L'amour de la sagesse, c'est la philosophie. Il ne peut y avoir de vie sans amour,

amour de quelque chose ou de quelqu'un. Une forme d'amour particulière, universelle, est la compassion qui s'adresse aux personnes qui sont dans la souffrance. Elle fait partie de la beauté morale. La beauté de la nature, de l'art, permet quant à elle d'apprécier la vie. Sans liberté, enfin, rien n'a plus de sens. La liberté intérieure, le fait d'être délivré de l'erreur, de ses préjugés, prime sur la liberté d'agir.

Certes, nul n'est parfait, et le monde n'est pas parfait non plus. « Trop bon, trop con », dit-on, non sans raison, hélas ! De même, le mot « chrétien » a donné le mot « crétin », peut-être à cause de la foi des chrétiens, ou parce qu'ils faisaient autrefois trop confiance aux autres.

Avoir une éthique, c'est donc essayer de vivre selon les qualités morales reconnues, tout en reconnaissant que nul ne peut y arriver tout le temps, et qu'il faut de toute façon rester prudent, avisé, méfiant parfois, car tout le monde ne partage pas le même souci d'éthique, tout le monde n'a pas les mêmes valeurs morales. Si la morale, c'est ce que l'on s'impose ou s'interdit, selon le jugement de notre conscience et celui de la société, certains en ont une conception plus personnelle à leur seul profit.

L'humilité fait aussi partie des valeurs éthiques À cet égard, Opticon Tessour se rappelait l'image de deux personnes qui se croisent dans un escalier, l'une le montant, l'autre le descendant. Avec une légende pour enseigner qu'il ne faut pas se moquer ou regarder de haut ceux qui descendent, lorsque l'on monte, car on risque de les croiser à nouveau quand on redescendra l'escalier. L'escalier figurant, bien sûr, l'ascension sociale, ou son contraire, les revers de fortune, la malchance, selon qu'on le monte ou le descend. De toute façon, comment regarder quelqu'un de haut, quand on monte l'escalier, car on se trouve alors plus bas que lui ?

L'humour, pour sa part, n'est pas une valeur éthique. C'est juste un trait de caractère. Certains en ont naturellement plus que d'autres. Il en est comme pour la prédisposition au bonheur. Les personnes qui ont la chance d'avoir cet avantage peuvent dès le départ mieux apprécier la vie. On ne peut certes rien, ou peu, à l'égard de la chance et de la malchance. Il appartient cependant à tout un chacun de faire son possible pour ne pas, par ses états d'âme, déclencher une épidémie de morosité autour de lui. La mélancolie, la dépression, le cafard, et autres mots ou maux de ce type, demandent des réponses adaptées : soit un travail sur soi-même, soit la recherche d'une aide extérieure.

Au cours de l'histoire, les valeurs éthiques ont pu varier. Certaines sont un peu passées de mode, selon les pays, comme la piété filiale ou la pudeur, mais nul ne peut sérieusement contester le bien-fondé des valeurs communément admises actuellement.

Elles sont à pratiquer au quotidien, dans l'intérêt de tous, pour la sérénité de tous.

Piste 11 : Prendre le temps

Comprendre la valeur du temps est essentiel. Le temps libre que nous pouvons avoir est un bien précieux, puisque le temps, c'est la vie. Il nous faut savoir préserver notre liberté pour avoir du temps pour nous-mêmes et pour ceux que nous aimons. Il nous faut aussi savoir attendre avant de réaliser nos rêves ou nos envies. L'attente et l'anticipation peuvent d'ailleurs être plus satisfaisantes que la réalisation, ou la période qui suit. Un bon repas s'anticipe, se savoure, mais après, on peut être repu, voire dégoûté si l'on a trop mangé. Cela vaut également dans d'autres domaines. Prendre son temps est aussi une marque de liberté. C'est savoir apprécier chaque moment présent, vivre pleinement le présent. Le passé est passé, le futur est futur, mais le présent est là qui est à vivre intensément. Prendre le temps, c'est définir ce qui est le plus important pour lui consacrer suffisamment de temps. Cela suppose que chacun s'interroge sur ses priorités dans la vie. Prendre le temps, c'est aussi refuser de se laisser asservir par la frénésie ambiante qui impose d'aller toujours plus vite. C'est savoir se poser. Prendre son temps, c'est prendre le temps de vivre. C'est aussi ne pas vouloir tout faire en même temps, savoir organiser son temps et, au besoin, donner du temps au temps. C'est aussi se garder du temps pour soi, un espace de paix et de liberté.

Prendre le temps, c'est également prendre le temps qu'il faut pour dormir. Bien dormir est indispensable pour se reposer, récupérer, rester en bonne santé, et être frais et d'attaque au réveil. Malheureusement, ce point est trop souvent négligé. Bien dormir, c'est dormir suffisamment, et dans de bonnes conditions. On entend souvent dire que l'on dort un tiers de notre vie. Tout dépend de notre âge. Les enfants et les adolescents devraient dormir plus que les adultes. Tout le monde devrait dormir suffisamment. S'il est vrai qu'il y a des petits dormeurs qui ont moins besoin d'heures de sommeil que d'autres, beaucoup trop de personnes ne consacrent pas au sommeil tout le temps nécessaire. Cela ne peut être que préjudiciable à leur santé. La durée consacrée au sommeil n'a cessé de diminuer au cours des années, la plupart des personnes passant désormais leurs soirées devant un écran. Si la télévision, avec des programmes finissant de plus en plus tard, a pour tort principal d'écourter les nuits de sommeil, les écrans permettant de se connecter à Internet ont, en plus, le tort d'émettre la lumière bleue, qui tient éveillé. De tels écrans devraient être bannis en soirée. Étant donné tout le temps que l'on passe au lit, il paraît souhaitable que cela soit dans les meilleures conditions. Investir dans une bonne literie, malgré le prix élevé, est assurément un sage investissement qui sera rentabilisé par la qualité du sommeil. À condition aussi d'en changer tous les dix ans. Après tout, un bon sommeil n'a pas de prix.

Prendre le temps, c'est enfin aussi agir sans précipitation. La prudence est une qualité qui doit toujours être présente dans nos actions. Qui agit à la hâte se repent à loisir, dit-on avec raison. Comme l'on dit aussi que prudence est mère de sûreté.

Piste 12 : Profiter de la vie

Après avoir suivi les onze pistes précédentes, il serait grand temps de profiter un peu de la vie, pourrait-on dire. Sauf qu'il ne faut pas attendre le dernier moment pour profiter de la vie. Cela doit aussi se faire tout au long de la vie.

Savoir profiter de la vie n'est pas donné à tout le monde. On conçoit que pour certains, frappés par le destin, cela soit plus compliqué que pour d'autres. Pour la plupart des gens, toutefois, il est possible de profiter de la vie, s'ils savent être heureux avec ce qu'ils ont, s'ils savent apprécier la simplicité, vivre sans envie, et s'ils peuvent faire ce qu'ils aiment, sans chercher toujours la perfection.

Une fois les besoins de base satisfaits, il est alors indispensable de savoir profiter de tout ce que la vie peut nous donner : la vie elle-même, la santé (souvent, la nôtre n'est pas la pire), la liberté de bouger, de penser, de créer ou de rêver, de croire et d'espérer, d'aider et d'aimer, et ainsi de suite.

Profiter de la vie suppose de savoir être heureux avec ce que l'on a. Vouloir améliorer sa condition est certes louable, encore fait-il que cela se fasse sans jalouser qui que ce soit. La sérénité est à ce prix. Pour pouvoir pleinement profiter de la vie, il faut surtout avoir l'esprit apaisé. Écoutons Sénèque :

« Pour être heureux, il faut éliminer deux choses : la peur d'un mal futur, et le souvenir d'un mal passé. »

Cela, pour vivre pleinement le présent, aurait-il pu ajouter. Flaubert avait dit justement : « L'avenir nous tourmente, le passé nous retient, et c'est pour cela que le présent nous échappe. »

On a vu que plusieurs pistes proposées jusqu'à présent étaient du style gagnant-gagnant, car elles sont de nature à profiter aussi bien à la personne qui les suit qu'aux personnes avec lesquelles elle entre en contact. Savoir faire preuve d'empathie, par exemple, profite aussi bien à celui qui en fait preuve qu'à celui qui en bénéficie. Vouloir rendre heureux, aider, semer le bonheur, tout cela contribue au bien-être de tous. D'autres pistes sont plus personnelles : se fixer des buts dans la vie, chercher un sens ou des sens à sa vie, chasser des sentiments de culpabilité, se simplifier la vie, privilégier l'essentiel, sortir, respirer, s'ouvrir de nouveaux horizons, n'avoir pas peur du changement, savoir s'émerveiller, savoir savourer la vie.

Le bonheur dépend à la fois de nos dispositions génétiques (le fait de naître avec un tempérament heureux ou non), des conditions extérieures (notre milieu, notre culture), et des efforts que l'on peut faire pour être heureux. Il serait peu scientifique de calculer en pourcentage l'importance relative de ces trois conditions, mais il est possible que ce qui semble le plus évident (les conditions extérieures : le milieu où l'on naît, sa richesse ou non) soit en fait, et de loin, le moins important.

Certains peuples sont moins optimistes que d'autres. Les Français le sont moins que les Américains. Même s'ils sont râleurs, les Français ne se distinguent pas pour autant par un taux de suicides élevé. Tout espoir est donc permis... Le bonheur est en tout cas contagieux. L'intérêt de chacun réside alors dans le bonheur de tous. C'est apprendre à aimer la vie telle qu'elle est, non telle que l'on voudrait qu'elle soit. C'est adapter ses désirs au monde. Le bonheur, c'est aimer la vie.

Selon une citation attribuée à Confucius :« On a deux vies, et la seconde commence quand on se rend compte qu'on n'en a qu'une. » Car la vie va très vite.

Au soir de leur vie, quand ils en font le bilan, beaucoup regrettent de n'avoir pas pu vivre la vie dont ils rêvaient, de n'avoir pas pu vivre leur passion, professionnelle ou sentimentale, de n'avoir pas (surtout les hommes) consacré assez de temps à leur famille. Ils regrettent encore d'avoir eu peur d'exprimer leurs sentiments, d'être passé à côté de l'amour de leur vie, de n'avoir pas osé, d'avoir aussi perdu le contact avec des amis et de ne pas s'être accordés le droit au bonheur, de l'avoir attendu au lieu de le chercher, par peur du changement, ou par peur de sortir de la routine quotidienne.

Il ne s'agit pas de vivre en attendant que cela passe, en attendant de mourir. En attendant de passer de l'autre côté du miroir de la vie, la vie doit nous faire envie. Comment ? La vie est courte, et nous sommes tous dans la même galère – le même bateau, pour rester positif. Comme les enfants, il faut s'émerveiller de tout ce que la vie nous offre. Savoir s'émerveiller, savoir savourer la vie, porter un regard neuf sur le monde, voir loin, au-delà des problèmes du moment. Dire oui à la vie, avoir confiance en elle, s'en sentir responsable, pour agir, créer, mais aussi rêver, pour être plutôt que d'avoir, pour rebondir après un échec et savoir faire jaillir de nouvelles opportunités, pour vivre le présent, pour comprendre que la mort n'est qu'un sommeil sans réveil, et enfin pour se réveiller et se révéler à la vie tant qu'il est temps.

Il faut ne jamais oublier que la vie est une chance. La vie est le fruit de milliards d'événements improbables. La nôtre, comme celle de tout ce qui est. Les rescapés des coups du sort, d'un accident ou d'une maladie grave, prennent conscience que le simple fait de vivre, de pouvoir respirer, marcher, parler, regarder, écouter, que tout cela a une valeur inestimable quand on a failli tout perdre.

Nous ne sommes rien dans l'Univers. Nous ne sommes même pas qui nous croyons être. Quelqu'un s'appelle-t-il Martin ? Il croit que c'est tout son être, toute son histoire. Mais une génération avant lui, ce n'était le nom, et le patrimoine génétique, qu'un seul de ses deux parents. Encore une génération avant, cela ne concernait qu'une personne sur quatre. Si l'on remonte encore plus avant : une personne sur huit, puis une sur seize, et ainsi de suite. Alors, Martin est-il encore Martin ? Il est surtout le fruit de multiples personnes, de multiples interactions, de toute l'histoire de l'Univers en somme. C'est pourquoi, par l'évolution, nous sommes liés au monde entier, à tout ce qui est. C'est pourquoi la vie est si précieuse, et qu'il faut le comprendre pour en profiter comme il faut.

Et il faut (encore) en revenir sans cesse aux fondamentaux : le Vrai, le Bien et le Beau. Le vrai, c'est que plus c'est simple, plus c'est beau. La vérité est ailleurs, dit-on encore. Il faut donc la chercher sans cesse. Le bien est l'ennemi du mal, dit-on aussi. Fuyons donc le mal. Et, selon Oscar Wilde : « La beauté est dans les yeux de celui qui regarde. » Alors, regardons bien, et sachons profiter de la vie ! La vie ? On n'en sortira pas vivant, alors vraiment, profitons-en tant qu'il est temps ! Rappelez-vous qu'une vie humaine, c'est moins de trois milliards de secondes, et que les secondes, cela passe très vite.

Moins de trois milliards de secondes ?

Le temps de lire ces six mots, quelques secondes ont déjà passé... Alors, ne traînons pas, profitons, jouissons de la vie ! Avec une citation d'un « psy », Christophe André, pour finir :

« Je crois en une contamination de l'amour, de la bienveillance, de la douceur et de l'intelligence. Chaque fois que l'on pose un acte de tendresse, d'affection, d'amour, chaque fois qu'on éclaire quelqu'un en lui donnant un conseil, on modifie un tout petit peu l'avenir de l'humanité dans le bon sens. Et chaque fois qu'on dit une vacherie, qu'on commet une méchanceté, et qu'on les répète, on fait perdre du temps aux progrès humains. Que chacun cultive le plus grand nombre possible de ressentis et d'actes positifs est donc vital pour tout le monde. »

Car profiter de la vie, c'est aussi la rendre profitable à tout un chacun.

VIII

La devise de la République

Dans les notes laissées par Opticon Tessour, on trouve aussi des remarques sur la devise de la République. Elles sont résumées ici.

De nombreux pays ont une devise nationale. On y trouve des mots tels que ceux-ci : unité, liberté, justice, travail, patrie, Dieu, Allah, paix, progrès, vérité, prospérité, ordre, droit, peuple, discipline, pluie (là où elle manque) ou encore un mot citant le pays concerné.

Liberté, Égalité, Fraternité : les trois mots de la devise de la République française forment, eux, un ensemble bien connu, repris sous une autre forme par le premier article de la Déclaration universelle des droits de l'homme :

« Tous les êtres humains naissent libres et égaux en dignité et en droits. Ils sont doués de raison et de conscience et doivent agir les uns envers les autres dans un esprit de fraternité. »

C'est donc dire que ces trois mots ont une valeur reconnue de façon universelle.

Cela mérite que nous nous attardions un peu sur chacun d'eux, pour essayer de mieux comprendre ce qu'ils impliquent pour tout le monde. Mais avant, on pourrait se demander pourquoi le bonheur n'est pas mentionné. Après tout, le bonheur n'est-il pas ce qu'il y a de plus important ?

La déclaration d'indépendance des États-Unis du 4 juillet 1776 le mentionne ainsi :« Nous tenons pour évidentes par elles-mêmes les vérités suivantes : tous les hommes sont créés égaux ; ils sont dotés par le Créateur de certains droits inaliénables ; parmi ces droits se trouvent la vie, la liberté et la recherche du bonheur. »

Cette Déclaration a inspiré en France la Déclaration des droits de l'homme et du citoyen. La version de 1795 mentionne que « le but de la société est le bonheur commun ».

Le bonheur est un but, il ne se décrète pas : encore heureux qu'aucune loi n 'oblige à être heureux !

Cependant, l'objectif des lois est que chacun puisse vivre en paix en société et, par conséquent, il s'agit d'éviter que les citoyens soient malheureux. Quant à être heureux, même si c'est plus compliqué, le devoir de toute société organisée est de créer les conditions favorables au bonheur. Après, il reste à chacun d'œuvrer dans ce sens.

La devise de la République constitue le socle sur lequel il faut œuvrer.

La Liberté

Selon le dictionnaire Le Robert, la liberté, c'est « la situation d'une personne qui n'est pas sous la dépendance de quelqu'un (opposé à *esclavage, servitude*), ou qui n'est pas enfermée (opposé à *captivité*) ». C'est également la possibilité, le pouvoir d'agir sans contrainte, et c'est encore l'autonomie.

Plus simplement, la liberté, c'est le pouvoir de faire tout ce qui ne nuit pas aux droits des autres, selon la maxime qui enseigne de ne pas faire aux autres ce que l'on ne voudrait pas qu'il nous soit fait. La loi est là pour définir les limites de la liberté, outre la morale qui doit servir de guide.

La liberté, c'est encore le fait d'être acteur de sa vie, et non pas de la subir simplement. La liberté, c'est le droit le plus fondamental qui puisse être. C'est à juste raison qu'elle occupe la première place dans la devise de la République.

On distingue plusieurs libertés : d'expression, de pensée, de conscience, et de religion. Elles se concrétisent pas des droits, comme le droit de réunion, les droits syndicaux, le droit de vote et d'être élu, le droit de grève, le droit de célébrer son culte. Ces droits peuvent être dévoyés par les gouvernants ou la société. À quoi sert ainsi le droit de vote si les candidats sont sélectionnés par le pouvoir, ou si la liberté de la presse n'existe pas ? Comment faire grève, et voir son salaire amputé, quand on a déjà du mal à joindre les deux bouts ? Ou encore, comment ne pas être musulman en pays musulman, où ne pas être croyant est pour ainsi dire impensable ? Même si n'être pas croyant n'est pas forcément interdit, la persécution peut venir de la population locale.

La liberté est une bataille sans fin, qui évolue avec la société. L'esclavage n'a pas été aboli avec la Déclaration d'indépendance américaine. La Révolution française l'a certes aboli, mais Napoléon l'a rétabli peu après, et il a aussi privé des millions de personnes de leur liberté en les menant à la guerre. De nos jours, de par le monde, les libertés les plus fondamentales sont encore à conquérir, ne serait-ce que la liberté de vivre en paix.

Certaines libertés ont été gagnées, d'autres supprimées. La liberté des uns commence où finit celle des autres, et les lois et les mentalités évoluent. Ainsi on ne peut plus fumer dans les lieux publics pour que les non-fumeurs puissent respirer librement. On ne peut plus conduire trop vite pour que les conducteurs dans leur ensemble risquent moins d'avoir un accident. Ni boire trop d'alcool, pour la même raison. Le droit à l'avortement a fait un temps débat, c'est encore le cas aux États-Unis. On pourrait encore parler de l'euthanasie, de la consommation d'alcool, de celle de drogue, de la chasse, des spectacles avec des animaux même. Faut-il les interdire ? Comment concilier les libertés des êtres humains avec celles des animaux ? Voire de la nature ?

La liberté est vraiment un sujet sans fin. Elle n'est de toute façon jamais absolue, elle est évolutive et jamais acquise de façon définitive. Outre la liberté de faire – celle des droits de l'homme – on distingue aussi la liberté de vouloir. Dans quelle mesure sommes-nous libres de choisir ce que nous choisissons ? Nous pouvons être prisonniers de nos préjugés, de nos croyances erronées, ou de celles de notre société, de nos déterminismes génétiques ou ceux de notre milieu et de notre époque, ou de ceux liés à notre éducation. Notre libération intérieure peut alors être plus importante que ce que nous pensons. Plus importante que cette liberté de faire dont on parle davantage.

Selon Sartre, « Être libre, ce n'est pas pouvoir faire ce que l'on veut, mais c'est vouloir ce que l'on peut » .

Selon Épictète : « Être libre, c'est vouloir que les choses arrivent, non comme il te plaît, mais comme elles arrivent. »

Nietzche donne une image plus dansante de la liberté : « La liberté, c'est de savoir danser avec ses chaînes. »

Nelson Mandela lui répond : « Être libre, ce n'est pas seulement se débarrasser de ses chaînes ; c'est vivre d'une façon qui respecte et renforce la liberté des autres. »

« Quand la vérité n'est pas libre, la liberté n'est pas vraie » conclut Jacques Prévert.

L'Égalité

L'égalité, c'est le fait que la loi soit égale pour tous, sans distinction selon les individus, donc sans discrimination. C'est l'égalité civile. L'égalité politique, elle, vise à accorder la même représentativité aux hommes et aux femmes, et pose la question du droit de vote pour les étrangers. En allant plus loin, on peut distinguer l'égalité morale, le fait d'accorder le même respect, la même dignité et liberté à chacun, et l'égalité sociale, qui vise à ce que chacun ait les mêmes moyens ou conditions d'existence, notamment pour le salaire. L'égalité des chances, quant à elle, est le droit de ne pas dépendre, dans sa vie, de la chance ou de la malchance, ni de son origine ethnique, sociale, religieuse ou géographique, ni de son sexe ou de ses ressources financières, d'un handicap ou d'une autre situation. En somme, tous doivent avoir les mêmes chances.

Tout cela peut laisser songeur. Que la loi soit égale pour tous, on le comprend. Mais en pratique, il peut y avoir des passe-droit, de la corruption, et ceux qui ont des moyens financiers importants peuvent en profiter. Devant la justice, la loi est certes la même pour tous, mais les avocats payés grassement peuvent être plus motivés et compétents que des avocats commis d'office. La parité en politique a permis d'avancer sur l'égalité entre les hommes et les femmes. Le temps où celles-ci étaient complètement exclues des gouvernements ou des parlements est révolu, sauf dans certains pays. En matière d'égalité sociale, la question des salaires est encore à l'ordre du jour. L'égalité morale a aussi progressé, sans être parfaite. De par sa nature, elle concerne davantage les citoyens eux-mêmes. Il s'agit en effet de porter le même respect à tous les individus, sans distinction de caractéristiques physiques, de sexe, d'âge ou encore de religion. Le racisme, le sexisme, l'homophobie sont notamment concernés. Malgré le ressenti de certaines personnes, les mentalités ont évolué vers une plus grande ouverture d'esprit.

Mais c'est sans doute l'égalité des chances qui laisse le plus songeur. En effet, l'inégalité des chances se manifeste dès la naissance. Elle est pour ainsi dire naturelle. Un enfant né dans une famille royale régnante, ou dans une famille riche, aura plus d'opportunités dès le départ qu'un enfant né dans un bidonville ou une quelconque famille pauvre. Il appartient à l'État de remédier à ces disparités. C'est pourquoi le principe d'égalité peut être aménagé. En France, le Conseil constitutionnel fait une distinction entre les cas où ce principe doit être appliqué rigoureusement (droits politique, loi pénale), et d'autres domaines où des modulations sont possibles en fonction de certaines caractéristiques (progressivité de l'imposition selon les revenus, accès aux emplois publics selon les capacités de chacun, cas d'intérêt général pour compenser un handicap individuel, social ou géographique). Un exemple : il peut y avoir des bourses d'études pour restaurer l'égalité des chances. Par contre, il n'y a pas de places réservées à l'avance pour telle catégorie de la population. C'est ce que l'on appelle la discrimination positive à la française.

L'égalité est synonyme de Justice. Mais «Liberté, Justice, Fraternité » , cela sonnait moins bien...

La Fraternité

L'article 1 de la Déclaration des droits de l'homme et du citoyen mentionne : « Les hommes naissent libres et égaux en droits. »

Et la fraternité ? Elle date également de la Révolution française. On a aussi vu que la Déclaration universelle des droits de l'homme déclare que les être humains « doivent agir les uns envers les autres dans un esprit de fraternité ».

Dans la devise républicaine, la fraternité occupe une place à part, car elle relève des obligations morales plutôt que du droit. C'est une obligation de chacun vis-à-vis d'autrui. Lors de la Révolution, il a pu s'agir de la fraternité engendrée par l'unité des citoyens lors de leur rébellion, mais aussi d'un sens plus religieux, selon la Déclaration des droits et des devoirs de l'homme et du citoyen de 1795, qui reprend la Règle d'or : « Ne faites pas à autrui ce que vous ne voudriez pas qu'on vous fît ; faites constamment aux autres le bien que vous voudriez recevoir. » De fait, les membres d'une même religion, ou les francs-maçons, peuvent s'appeler « frères ».

La fraternité, c'est considérer chacun comme faisant partie de la même famille humaine, c'est faire preuve de solidarité, de respect des différences. C'est aussi rechercher la paix avec tous. C'est donc un idéal pour assouplir les relations humaines, une sorte de cerise sur le gâteau de la liberté et de l'égalité, qui fait référence à l'amour fraternel, supposé naturel et indestructible. La fraternité est le moyen de parvenir au but ultime de toute société, le bonheur commun. Mais contrairement à la liberté et à l'égalité, la fraternité ne s'impose par par la loi, mais par la bonne volonté, la responsabilité de chacun. Il ne s'agit donc pas simplement de respecter la loi, mais de faire plus, de donner un cœur, une âme à la loi et à la vie en société. Dans l'idéal, la fraternité ne saurait être qu'universelle, car nous sommes apparentés à toute l'humanité.

Les droits de l'homme constituent le sacré de notre époque. Ils ont pu être contestés, au prétexte qu'ils véhiculeraient trop les valeurs de l'Occident, et non ceux de tous les peuples. L'Occident promeut l'autonomie du sujet, au risque de l'individualisme. L'Orient, lui, promeut davantage le jeu collectif. Le mot « fraternité » dans la Déclaration universelle des droits de l'homme réconcilie ces deux conceptions de la vie en société.

La fraternité, reprend, comme on l'a vu, la Règle d'or. Elle reprend donc le Bien de la philosophie. L'égalité, elle, reprend également le Bien, qui est aussi le Juste. Quant à la liberté, c'est à la fois le Vrai et le Beau, car il faut être libre pour rechercher le Vrai, et pour apprécier ou pour créer le Beau.

Liberté, Égalité, Fraternité : ne sont-ce là que des mots ? Dans l'adversité, les mots ont leur importance. Les mots peuvent apaiser les maux. Comme l'a si bien écrit Guy Corneau : « Quand on met des mots sur les maux, les dits mots deviennent des mots dits et cessent d'être maudits. »

La devise républicaine a pu être maudite par ses ennemis, mais elle a aussi constitué un rêve et un idéal pour de nombreux peuples, un progrès pour l'humanité.

Depuis la Révolution, le sens de la devise républicaine a cependant évolué, pour s'adapter à un contexte nouveau, plus universel. La population française elle-même a changé, ainsi que les mentalités et les forces économiques et sociales. La Fraternité dépasse aujourd'hui le cadre national. L'Égalité à rechercher de nos jours est plus complexe que du temps où le tiers état voulait surtout l'égalité avec la noblesse et le clergé. Quant à la liberté, elle est de plus en plus encadrée par la loi, dans l'intérêt des citoyens eux-mêmes. Enfin, des valeurs comme la démocratie et la laïcité sont considérées comme sous-entendues dans la devise républicaine. Selon la Constitution de 1958, la France est ainsi une « République indivisible, laïque, démocratique et sociale. Elle assure l'égalité devant la loi de tous les citoyens sans distinction d'origine, de race ou de religion. Son organisation est décentralisée. La loi favorise l'égal accès des femmes et des hommes aux mandats électoraux et fonctions électives, ainsi qu'aux responsabilités professionnelles et sociales ». (À noter que le mot « race » n'a pas encore pu être supprimé de la Constitution...)

En tout cas, la liberté nous permet de choisir l'égalité. L'égalité nous conduit à la fraternité. Et la fraternité permet la liberté de chacun. La boucle est ainsi bouclée dans un cercle aussi simple que vertueux.

IX

L'avenir du tessourisme

Certains ont appelé tessourisme la façon de gouverner d'Opticon Tessour.

Lui-même récusait le terme.

Pourtant, le mot tessourisme recouvre bien une certaine réalité qu'il serait injuste de ne pas reconnaître. Si toute gouvernance dépend de la conjoncture du moment, et est donc forcément avant tout pragmatique, le tessourisme peut être défini comme une façon de gouverner avec méthode, en faisant appel à la pensée rationnelle et à l'esprit critique, pour apprendre à chacun à raisonner sainement, afin de développer les valeurs philosophiques du Vrai, du Bien et du Beau, dans le cadre de la devise de la République : Liberté, Égalité, Fraternité, et des principes de l'art de vivre selon Opticon Tessour.

Le tessourisme n'est guère, en somme, que la philosophie tessourienne mise en pratique. Dans ce cas, pourquoi le tessourisme ne pourrait-il pas continuer après la disparition d'Opticon Tessour ?

La société a changé, le monde a changé, mais les valeurs humanistes et scientifiques prônées par Opticon Tessour demeurent encore essentielles aujourd'hui. Plus que jamais même, elles sont à promouvoir pour que notre monde soit plus humain, et partant plus agréable à vivre. Opticon Tessour n'avait certes rien inventé, mais il avait su faire partager les valeurs auxquelles il croyait, des valeurs durables, voire éternelles.

Le tessourisme vivra donc éternellement, partout où la raison l'emportera sur la déraison, la sagesse sur la folie, la vérité sur l'erreur, la beauté sur la laideur.

Opticon Tessour avait essayé d'imaginer le monde futur. Pour cela, il avait voulu faire le point sur le monde actuel, le nôtre. Le texte suivant reprend les notes qu'il a laissées, en les précisant simplement sur certains points.

X

Épilogue :

Le monde en 2049

Tout est-il une question de démographie ? On pourrait presque le croire, tellement celle-ci est importante. Regardez le monde actuel, celui de 2049.

Le cap des dix milliards d'habitants n'a pas été atteint. Cela n'était d'ailleurs pas dans les prévisions démographiques. Si la population a explosé en Afrique, elle a diminué dans d'autres pays, comme en Italie ou au Japon. Il est possible qu'elle diminue dans le monde plus tôt que prévu.

Lors de ces trente dernières années, la moitié de la croissance de la population mondiale s'est concentrée dans une dizaine de pays : Inde, Nigeria, République démocratique du Congo, Pakistan, Éthiopie, Tanzanie, États-Unis, Ouganda, Égypte et Indonésie.

L'Allemagne est toujours le pays le plus peuplé d'Europe, après la Russie, devant le Royaume-Uni et la France. Pendant un court laps de temps, certains avaient autrefois imaginé que la population française dépasserait la population allemande avant la fin du siècle, et qu'il en serait de même pour son économie.

Mais ce n'est plus du tout d'actualité. En s'ouvrant à l'émigration, l'Allemagne a maintenu son rang. Quant au Royaume-Uni, grâce aussi à l'émigration et à son ouverture au monde, il a pu faire de même. Le Brexit n'est plus qu'un lointain souvenir, et le Royaume-Uni s'est rapproché de l'Union européenne. Il n'est peut-être plus aussi uni que jadis, mais le nom est resté, et son économie dépasse encore celle de la France, si l'on prend en compte ses frontières traditionnelles. L'Écosse et l'Irlande du Nord maintiennent d'ailleurs des liens forts avec l'Angleterre et le Pays de Galles. La France, elle, se maintient encore plus ou moins de justesse parmi les dix pays les plus riches du monde, après la Chine, les États-Unis et l'Inde, le Japon, l'Allemagne, le Royaume-Uni, le Nigeria et l'Indonésie. Mais elle devrait encore reculer. Juste après la France, vient la Turquie. Le Brésil et le Mexique sont aussi bien placés. Mais les chiffres peuvent être trompeurs. Le PIB calculé en parité de pouvoir d'achat donne des résultats légèrement différents. Quant au PIB par habitant, il voit sans cesse la France reculer, ce qui est un peu normal, car il avantage les petits pays riches. La France n'y est plus qu'à la quarantième place, ou juste avant.

Quoi qu'il en soit le PIB mondial a augmenté davantage que la population, grâce au progrès technologique qui a amélioré la productivité.

Si la France s'était vue avant l'Allemagne, le Japon s'était vu un temps à la première place, mais tout cela est fini. La Russie, elle, est toujours handicapée par sa démographie déclinante. La guerre en Ukraine et l'exode d'une partie de sa population n'ont rien arrangé. La Russie, qui se voyait autrefois comme le dernier rempart de la civilisation, est aujourd'hui contrainte de trouver des accords avec l'Union européenne. La question est de savoir si elle pourra un jour rejoindre l'Union. Cela soulève beaucoup de problèmes. En tout cas, c'est une possibilité pour le futur. Après tout, ce pays partage désormais davantage les valeurs européennes, et des populations d'origine russe sont implantées dans l'Union. Outre le cas russe, il y a aussi le cas biélorusse. Quant à celui de la Turquie, il a longtemps fait débat, contrairement au cas de l'Ukraine. Au demeurant, les frontières de l'Union restent encore à fixer, notamment au Caucase. Se transformera-t-elle en Union eurasiatique ? Débordera-t-elle un jour sur l'Afrique ? Probablement pas dans un avenir proche, en tout cas.

La montée de l'Afrique est en tout cas un événement notable. Le Nigeria, en particulier, a réussi à se hisser aux premières places des pays qui comptent, malgré ses divisions et plusieurs tentatives de sécession. Après l'Inde et la Chine, c'est le pays le plus peuplé au monde, à peu près à égalité avec les États-Unis, et même avant, juste devant le Pakistan. La croissance de sa population a été ahurissante ! Il en est allé de même dans d'autres pays africains. C'est ainsi que si la langue française a encore quelque importance aujourd'hui, c'est grâce à la démographie africaine. Avec plus de deux cents millions d'habitants, la République démocratique du Congo est officiellement le premier pays francophone, devant la France, même si tout le monde n'y parle pas français. La population algérienne, elle, n'a pas encore rattrapé celle de la France, mais elle s'en approche.

La Chine n'a cessé de voir sa population décliner. Il est possible qu'un jour les États-Unis la dépassent, tant pour la population que pour l'économie. Les États-Unis sont devenus une sorte de nation mondiale, multi-ethnique, avec un potentiel toujours énorme qui fait encore rêver dans le monde entier, même si c'est beaucoup moins qu'autrefois. Les États-Unis ont eu leur premier président issu de l'émigration latino-américaine, ainsi que leur première présidente.

En 2049, la France, l'Europe, ont vieilli. D'ici quelques années, il devrait y avoir autour de deux cent mille centenaires en France ! Un Français sur trois aura bientôt plus de soixante ans. La vieillesse est devenue un pouvoir économique. Les services à la personne font vivre tout un pan de l'économie.

Les Français sont encore plus urbains, Si les grandes métropoles continuent de croître, comme la région parisienne, Marseille, Lyon, Lille, Rouen, la croissance est encore plus forte dans l'Ouest et le Sud – vers Rennes, Nantes, Tours, Bordeaux, Toulouse, Montpellier, Avignon, Toulon. Les Français recherchent un cadre de vie plus agréable, un climat plus doux. À noter aussi qu'avec le réchauffement climatique, la Normandie et la Bretagne attirent de plus en plus, ainsi que le Nord. Le Sud, quant à lui, commence même à être un peu moins recherché.

Au niveau mondial, on se rapproche des 70 % d'urbains. L'exode vers les villes continue et ne devrait pas s'arrêter. Si les bidonvilles augmentent, la nature reprend ses droits ailleurs. La gestion des problèmes des pays se concentre en tout cas davantage dans leurs villes, soit dans des espaces restreints, mais qui demandent des solutions complexes et rapides.

Ce qui a beaucoup changé aussi chez nous, c'est la composition des ménages. Les personnes seules dépassent maintenant les personnes en couple. Les familles monoparentales, dont le nombre est resté stable, forment le troisième groupe.

Tout cela s'est passé progressivement. Petit à petit, la société a changé, et les pouvoirs publics ont dû accompagner toutes ces transformations.

En matière de mœurs, chaque pays réagit à a façon, même au sein de l'Union européenne. Si le suicide assisté s'est étendu à plusieurs pays de l'Union, la gestation pour autrui reste interdite en France. La prostitution continue d'être traitée différemment selon les pays, ainsi que la notion de laïcité.

Faut-il encore parler du dérèglement climatique ? C'est devenu un lieu commun depuis tellement de temps ! La situation s'est-elle améliorée ces dernières années ? Ne soyons pas trop négatifs : des progrès ont été réalisés, encore trop peu certes, mais la prise de conscience du problème, déjà ancienne, a permis des évolutions notables vers une société décarbonée. Mais il était impossible d'arrêter l'érosion des côtes et le réchauffement climatique. La mer continue de grignoter les terres, et les terriens souffrent de plus en plus des excès du climat et de toutes ses conséquences.

On se souvient qu'il y a presque une trentaine d'années, alors que le monde n'était pas encore sorti de la pandémie de Covid-19, alors que l'urgence climatique se faisait déjà sentir, le dirigeant de la Russie de l'époque n'avait rien trouvé de plus intelligent que d'envahir un pays voisin. Que dire de tout ce qui s'est passé depuis ? Que d'actes barbares, insensés ! Il y a eu encore des guerres inutiles, du terrorisme, la stupidité ne nous a toujours pas quittés !

L'Organisation des Nations unies a certes évolué, et c'est heureux, mais ses pouvoirs sont encore trop limités. Pour résoudre des problèmes mondiaux, il faudrait un véritable gouvernement mondial, mais en 2049 on en est encore loin. Au contraire même : plusieurs États ont éclaté, outre des territoires dépendants qui sont devenus indépendants. L'unité planétaire n'est pas encore à l'ordre du jour, et avec plus d'États, cela ne facilite pas la résolution des problèmes.

On pourrait parfois se demander à quel saint se vouer. Justement, parlons de religion, ou plutôt des croyances dans le monde et en France.

Dans le monde, avec quelque 2,75 milliards de croyants, l'islam se rapproche du christianisme et de ses 2,90 milliards de fidèles. C'est la religion dont la croissance est la plus forte. Par contre, en France, comme en Europe, les croyants sont quelque peu fatigués. En France, ceux qui ne se revendiquent d'aucune religion ont désormais la majorité relative : 44 % de la population, contre 43 % pour les chrétiens, et un peu plus de 10 % pour les musulmans.

À quoi croire quand on ne croit plus, ou moins ? L'irrationnel continue de fleurir, avec les théories du complot, même si certaines sont incroyablement farfelues, la naturopathie aussi, malgré qu'elle puisse être dangereuse avec ses gourous et leur pratique illégale de la médecine. L'astrologie survit, encore et toujours, les sectes également, où il y en a pour tous les goûts. On peut aussi s'intéresser au bien-être animal. Les végétariens et les végans ont le vent en poupe. Les Français mangent moins de viande, plus de fruits et légumes. Un régime plus sain favorise le recul de l'obésité. Autant que possible, chacun recherche plus la qualité. Il y a encore des vaches, des moutons ou des cochons dans les campagnes, même s'il y en a moins qu'autrefois. Il a fallu trouver des solutions pour réduire leurs nuisances sur l'environnement. Il est toujours beau de voir des ovins ou des bovins dans les prairies.

Les chats ont triomphé : ils sont désormais trois fois plus nombreux que les chiens. C'est une sorte de tournant de société. Vingt millions de chats remplacent les enfants qui se font plus rares, ou qui ont grandi et qui sont partis. La ronronthérapie triomphe ! Les chats contribuent ainsi à la paix des ménages, et apportent leur dose de sérénité dans les foyers.

Les poissons d'aquarium et les oiseaux en cage y contribuent aussi, mais ils demandent plus de soins que les chats, d'où le succès de ceux-ci. Certes, il faut les nourrir, s'occuper de leur litière s'ils vivent en intérieur, mais pour le reste, chacun apprécie leur souveraine indépendance. Nul besoin de les sortir en promenade, ils vivent leur vie et, quand ils sont chez eux, ils ont l'amabilité de tolérer la présence de ceux qui se croient leurs maîtres. Si ceux-ci savaient... Les chats sont à l'image de la société, une société individualiste, où chacun recherche sa liberté, son bien-être, la satisfaction de ses propres intérêts avant ceux de la société. Ce qui ne veut pas dire que la solidarité ne joue pas pour autant, en cas de besoin. Il n'empêche : comme les personnes seules, beaucoup de couples choisissent désormais d'avoir un ou deux chats, plutôt que d'avoir un ou deux enfants.

La société de 2049 est-elle alors meilleure que celles qui l'ont précédée ? Y a-t-il moins de violences, plus de paix, de sécurité, de sérénité ? Plus de démocratie dans le monde ?

Le monde sera toujours le monde, nul n'en doute, avec tous ses défauts, tous ses dégénérés, mais aussi tous ses saints, où le meilleur et le pire se côtoient. Comme de tous temps, un minuscule grain de sable peut avoir des conséquences catastrophiques, ou un petit geste d'humanité peut engendrer des résultats merveilleux. En 2049, nous n'en avons toujours pas fini avec des dictateurs ici et là, et des psychopathes un peu partout. Mais il n'y en a pas plus qu'avant, et même plutôt moins.

Grâce à la science, à la technologie, il y a eu des progrès en matière de sécurité – de sécurité, au sens large, c'est-à-dire au fait de vivre une vie plus sûre, à l'abri des violences humaines ou naturelles, des maladies, des accidents. Un exemple parmi d'autres : les véhicules autonomes. Certes, ils ne sont pas encore admis partout, sur toutes les routes. Mais sur les autoroutes, quel confort désormais ! Vous choisissez votre destination et votre vitesse, et vous vous laissez guider ! Vous pouvez vous assoupir au volant, ce n'est plus un problème ! La sécurité routière a progressé. Et ailleurs aussi, sur les mers et dans les airs. Les pilotes peuvent avoir une défaillance, ce n'est plus un problème : l'avion peut se poser tout seul.

La science et la technologie font ce que l'on appelait jadis des miracles : grâce aux exosquelettes, les handicapés peuvent marcher et, appareillés comme il faut, les aveugles peuvent voir à leur façon, les sourds entendre et les muets parler. À propos de miracles, certains avaient rêvé à l'immortalité. On n'en est toujours pas là, même si la durée de la vie humaine a augmenté. Certains rêvent maintenant des possibilités du monde quantique, soit pour la téléportation, soit pour faire revivre les morts. Mais dans les deux cas, on en est bien loin ! Si l'univers quantique est étonnant et prometteur, et s'il est possible que l'information ne se perde jamais dans cet univers (dont celle de notre vie), celui-ci n'est cependant pas le nôtre. Dans le nôtre, nous vieillissons et nous mourons, comme depuis toujours !

Dans les villes, les véhicules électriques ont réduit la pollution. D'ailleurs, maintenant, les voitures se font plus rares, les transports en commun sont privilégiés, outre les vélos et autres véhicules non polluants. Il est fini le temps où les voitures se garaient partout ou presque, où des bus dégageaient des volutes de fumée sous le nez des passants. Place a été faite aux piétons, aux arbres, ou même à des espaces libres, prêts à accueillir des festivals, des jeux, toutes sortes d'activité récréatives ou culturelles. Tout cela sous le regard constant de caméras de surveillance. De moins en moins de personnes regrettent leur intrusion. Après tout, si l'on n'a rien à se reprocher, pourquoi s'en préoccuper ?

La sécurité, c'est aussi la santé, vivre mieux et plus longtemps. La science, la technologie, ont aussi ici apporté leur aide, pour vaincre ou contrôler maladies et épidémies. Certes, la pollution est encore là, il y a encore des émissions de carbone qui réchauffent l'atmosphère, mais leur âge d'or est passé, chacun a bien pris conscience qu'il fallait cesser de faire n'importe quoi avec la planète et avec la vie des gens, avec la vie tout simplement. Le monde moderne exige encore des activités minières, notamment pour extraire les terres rares indispensables à notre technologie, mais le recyclage des appareils usagés permet de plus en plus de limiter nos besoins. Pour le reste, l'énergie vient surtout d'une électricité peu polluante, même si cela varie beaucoup selon les pays.

Et la santé mentale, le moral des populations, leur état d'esprit ? Était-ce mieux avant ? Il ne suffit pas d'apporter des améliorations à une société pour que son état d'esprit change forcément du tout au tout. Les mentalités évoluent certes avec le temps mais, justement, cela demande du temps. Le monde de 2049 n'est donc pas un monde de science-fiction par rapport à celui d'il y a vingt ans ou plus. Du reste, dans le mot « science-fiction », il y a « fiction »...

Au XXe siècle, les gens avaient rêvé de l'an 2000 et du XXIe siècle, on imaginait des voitures volantes à tous les coins de rue (ou au-dessus, plutôt), et des robots partout qui feraient tout pour nous. Mais aujourd'hui, alors que l'an 2000 est déjà bien loin, le monde n'est pas exactement comme on l'avait imaginé alors, même si tout n'était pas pour autant faux.

Du reste, si la science et la technologie ont apporté des progrès, elles ne font pas, à elles seules, changer les mentalités, du moins pas immédiatement. En outre, les grandes inventions qui sont des tournants de l'humanité, restent relativement rares. Ce n'est pas tous les jours que l'on découvre comment produire l'électricité, ou que l'on invente Internet. Ce dernier date déjà de plusieurs dizaines d'années. Que s'est-il passé d'aussi important depuis ? Peut-être nous manque-t-il d'un peu de recul pour le savoir. Peut-être qu'il ne s'est encore rien passé d'aussi important depuis – mis à part le smartphone, les biotechnologies, l'humain augmenté, la réalité virtuelle, et la grande robotisation, l'ordinateur quantique. Comment savoir ? Il est sans doute encore trop tôt pour répondre.

Grâce à la science et à la technologie, la vie humaine a en tout cas continué de s'allonger. L'humain augmenté est une réalité pour certains. Ce n'est heureusement pas une obligation, mais c'est au choix de chacun. Avec la réalité virtuelle, c'est comme si la téléportation existait. Certes, celle-ci est impossible, elle le sera peut-être toujours, mais avec la réalité virtuelle, cela n'a plus guère d'importance. On peut voyager dans le monde entier sans quitter son salon. On y a les mêmes sensations, les mêmes odeurs qu'à l'autre bout du monde. À condition, bien sûr, de souscrire aux forfaits adéquats, car comme toujours, tout a un prix.

Il faut aussi noter l'expansion considérable de la robotique et de l'intelligence artificielle. Les robots sont partout, qu'ils aient forme humaine ou non. Les logements connectés se sont multipliés, comme tous les appareils électroménagers, téléviseurs ou autres reliés à Internet. Des robots d'apparence humaine peuvent être vus comme agents d'accueil dans certaines entreprises, ou servir les clients dans des restaurants ou ailleurs. Certains servent de soutien physique ou moral à des personnes âgées, ou même tiennent compagnie à des personnes seules. Des mariages symboliques, sans valeur légale, ont même été célébrés entre des humains et des robots. Il est de plus en plus question d'envisager la possibilité d'accorder la personnalité juridique à certains robots particulièrement humanisés. Mais il va de soi que les implications morales peuvent être considérables.

Jadis, en France, le Minitel rose avait facilité le succès du Minitel. Pour les robots humanisés, cela a aussi été le cas, mais dans une moindre mesure, les mentalités ayant évolué. Contrairement à ce que certains avaient pu penser, les robots humanisés n'ont pas fait disparaître la prostitution, ni eu d'incidence notable sur les violences sexuelles envers les femmes et les enfants. La question a d'ailleurs fait débat de savoir s'il fallait interdire les robots enfants, car certaines personnes les utilisaient comme de vrais enfants, en les maltraitant et en leur faisant subir des sévices sexuels. Mais pouvait-on parler de sévices à propos de robots ? D'un autre côté, était-il moralement acceptable de mettre sur le marché des objets humanisés pour leur faire subir de tels sévices ? Cela pouvait-il inciter leurs propriétaires à passer à l'acte sur de vrais enfants ? La France a finalement décidé d'interdire les robots enfants.

D'autres pays ont fait de même. Cependant, comme pour tout ce qui est interdit, les importations illégales demeurent. Il est par ailleurs de plus en plus question d'interdire également les robots trop humanisés, qui pourraient porter atteinte à la dignité de la personne humaine. Ce serait là une évolution juridique notable. Cette mesure ne fait toutefois pas l'unanimité. Comme toujours, la loi doit s'adapter à l'évolution de la société. Cela a été le cas pour les voitures autonomes. Il a fallu définir les responsabilités de chacun, selon le degré d'autonomie du véhicule : du constructeur comme de la personne prenant le véhicule, ainsi que des pouvoirs publics, ou encore des organismes louant ces voitures.

L'humanisation des robots doit énormément à l'intelligence artificielle. Celle-ci est vraiment en pleine expansion. C'est même elle qui a permis à Opticon Tessour et à sa première ministre de durer en politique. Voulez-vous faire un discours percutant auquel personne ne retrouvera trop à redire ? Confiez cette mission à l'intelligence artificielle, elle fera mieux que quiconque. Avez-vous une décision difficile à prendre, où il faut analyser tout un tas de données, peser méticuleusement le pour et le contre ? L'intelligence artificielle vous facilitera grandement la tâche. Certes, elle ne réfléchit toujours pas comme un cerveau humain, mais elle s'en approche. En fait, c'est sa puissance qui fait sa force : à défaut de se comparer à un cerveau humain particulièrement brillant, elle accumule les données comme le feraient plusieurs cerveaux d'individus ordinaires. Son développement dans la société est en tout cas remarquable. Même si elle suscite l'inquiétude de plus en plus de personnes qui craignent qu'elle prenne un jour le contrôle de la société, d'une façon ou d'une autre, elle apporte de tels services qu'il est devenu inenvisageable de s'en passer.

Comme l'informatique avant elle, l'intelligence artificielle a détruit de nombreux emplois, mais elle en a aussi créés d'autres. La marche du temps est inéluctable, le progrès aussi. Est-ce pour autant le début d'une nouvelle société, contrôlée par l'intelligence artificielle ? En partie, oui. Faisons une comparaison. Les voitures autonomes permettent de réduire la mortalité sur les autoroutes et certaines routes. Qui s'en plaindrait ? Si l'intelligence artificielle nous facilite la vie, qui s'en plaindrait donc ? Mais l'homme reste l'homme et, intelligence artificielle ou non, il y a encore des crimes et des guerres. On pourrait donc même regretter que l'intelligence artificielle ne puisse pas encore empêcher cela. Peut-être cela viendra-t-il un jour, en parallèle avec la télésurveillance, la reconnaissance faciale, et tous les autres dispositifs de contrôle. Et peut-être l'accepterons-nous finalement sans trop rechigner, auquel cas nous serions alors véritablement entrés dans une nouvelle société. Mais nous n'en sommes pas encore là.

Pour autant, n'ayons pas peur du progrès. Alors que la première moitié du XXIe siècle se termine, nous pouvons déjà faire une comparaison avec le siècle précédent. Le XXe siècle avait connu deux guerres mondiales dans sa première moitié. Le XXIe n'en a connu aucune jusqu'à présent. Le monde de la seconde moitié du XXe siècle craignait encore la guerre nucléaire, la pollution et la surpopulation. À l'orée de la seconde moitié du XXIe siècle, le monde ne craint plus l'arme nucléaire, qui n'a plus jamais été utilisée depuis près d'un siècle. La surpopulation n'est plus un problème, c'est presque le contraire. La baisse de la natalité, qui avait commencé tout d'abord en Europe, s'est étendue de plus en plus dans le monde, et plus tôt que prévu. On l'a vu, la population mondiale devrait commencer à décliner dans les prochaines années. Même si cela aggrave certains problèmes, comme le paiement des retraites, la baisse de la population est positive en ce qui concerne les problèmes liés à la pollution et au dérèglement climatique. C'est en tout cas un fait majeur de notre siècle. Il va forcément impacter tout le monde, et accélérer encore plus le développement de la robotique et de l'intelligence artificielle. Le monde à venir sera-t-il alors moins humain, avec tous ses robots de toutes sortes ? Finiront-ils par prendre le pouvoir, comme dans les romans et les films de science-fiction ? Ils prendront effectivement un certain pouvoir. Mais pourquoi l'homme n'en garderait-il pas le contrôle ? Des garde-fous seront certes à prévoir, car l'homme a depuis longtemps déjà du mal à contrer les effets néfastes de certaines de ses inventions ou activités. Le dérèglement climatique a ainsi résulté de ses excès. Mais une fois qu'il a compris le problème, l'homme se met cependant à la tâche pour le contrer, avec plus ou moins d'énergie et d'efficacité.

Une société ayant une population vieillissante peut faire preuve de plus de sagesse, cela peut donc faire diminuer la violence dans le monde. Elle consomme aussi moins qu'une société plus jeune, est plus sédentaire et contribue donc moins aux émissions de carbone. Une telle société devrait voir sa productivité augmenter, les travailleurs, plus rares, étant mieux formés, en meilleure santé, et jouissant d'une meilleure qualité de vie. Les familles ayant moins d'enfants, ceux-ci devraient hériter davantage, quoique encore plus tard, sauf si les parents ont la possibilité de les aider financièrement de leur vivant. Une société moins peuplée, cela peut aussi signifier une nature sauvegardée, réensauvagée même, où chacun pourra aller pour se retrouver, se ressourcer, se reconnecter avec elle.

Tout cela peut paraître idyllique, certes. La vérité est qu'il appartient à chacun de créer sa société, et celle du futur de l'humanité. Il faudra bien un jour que le monde se décide à changer de société, qu'il en finisse avec une société où tout un chacun, les États comme les particuliers, continue encore de polluer et à faire la guerre ici et là, à user de violence, à discriminer certaines personnes, pour enfin passer à une vraie société de vie, positive, écologique et sociale, solidaire et éduquée, humaniste, aux valeurs citoyennes planétaires, une société durable méritant de durer.

Aujourd'hui comme hier, c'est à chacun de contribuer à réinventer et à réenchanter le monde. Réenchanter le monde ? Mais il n'a jamais été enchanté ! Tout au contraire, il était pire avant, plus violent et plus injuste, plus pauvre et plus dangereux, quoique moins pollué ! Non, le rêve, ce serait de l'enchanter enfin !

En 2049 comme avant, rien donc n'a changé. L'avenir appartient à ceux qui le font, et c'est à chacun de contribuer à le rendre meilleur.

Sommaire

Si vous avez été touché par la vie et l'œuvre d'Opticon Tessour, vous pouvez laisser un message de sympathie, à l'attention de tous ceux qui l'ont aimé, sur les sites de vente en ligne comme Amazon ou la Fnac, les sites de bibliophiles ou les réseaux sociaux.

Les livres d'Opticon Tessour

Tout cela a-t-il un sens ?

Comprendre la vie, le monde et l'histoire
grâce aux... poissons rouges !

Comment expliquer le monde qui nous entoure, ce tourbillon de vie qui entraîne tout ce qui existe ? Pourquoi la vie ? Pourquoi la mort ? Tout cela a- t-il un sens ? Opticon Tessour, le chercheur français mondialement inconnu, formé dans les plus grandes universités comme Cambridge et Harvard, dérange les mythologies, les religions et la théologie, la philosophie, l'histoire, la science et la littérature pour tenter d'expliquer l'inexplicable. Dans un style limpide comme l'eau de pluie que traverse l'arc-en-ciel un jour d'été, il dévoile enfin le pourquoi du comment du sens de l'histoire. Et cela, grâce à ses poissons rouges ! Ceux-ci, pourtant muets comme des carpes, nous donnent ensuite leur point de vue, ou du moins celui d'Opticon Tessour lui-même qui, s'étant assoupi dans son spa après un repas bien arrosé, s'est vu en poisson rouge. Opticon Tessour a alors tout compris : le Big Bang, la naissance des atomes, puis celle des poissons rouges, leur vie mouvementée, leur destin singulier, et partant celui de l'Univers entier.

Les poissons rouges peuvent-ils nous apprendre à être heureux comme des poissons dans l'eau ? Ou simplement à nous imprégner de leur ineffable sérénité ? Voici un livre pour en être persuadé. C'est en tout cas l'opinion qu'Opticon Tessour partage avec lui-même. Cela peut avoir du sens, et puis l'histoire ne devrait pas finir en queue de poisson ! Afin de tirer le meilleur parti de ce livre, il ne vous sera pas nécessaire de vous mettre dans la tête d'un poisson rouge, ni de demander à votre poisson rouge préféré des explications si vous ne comprenez pas tout, mais peut-être qui sait si entre lui et vous, les similitudes ne sont pas plus grandes qu'escompté ? Dans ce cas, les réponses données à vos poissons rouges ou par les poissons rouges seraient aussi les vôtres, et vous pourriez alors comme eux nager dans leur apaisante sérénité...

Le livre d'Opticon Tessour
« Tout cela a-t-il un sens ? » (558 pages)
est vendu en ligne sur les sites comme
Amazon, la Fnac, Cultura, Lireka, Leslibraires, etc.,
au prix de 18,99 euros en version papier et 2,99 euros
en version numérique.

Le cri du poisson rouge

Le cri du poisson rouge ? Mais quel peut être ce cri, puisque les poissons, rouges ou non, sont tous muets comme des carpes ? La nature de ce cri, c'est ce que ce livre vous propose de découvrir, ainsi que plusieurs anecdotes concernant les poissons, rouges ou non. Des anecdotes qui en disent aussi beaucoup sur le genre humain lui-même.

Opticon Tessour, le célèbre auteur de *Tout cela a-t-il un sens ?,* signe ici un livre qui fera date pour qui s'intéresse aux poissons, rouges ou non.

À sa demande, Joël Carobolante, trésorier honoraire de l'Association ataraxique des amis des animaux aquatiques et des amphibiens, a accepté bien volontiers de préfacer cet ouvrage.

Le livre d'Opticon Tessour
« Le cri du poisson rouge » (104 pages)
est vendu en ligne sur les sites
comme Amazon, la Fnac, Cultura, etc.,
au prix de 5,99 euros en version papier
et 2,99 euros en version numérique.

Élisez-moi à l'Élysée !

Opticon Tessour vous demande de l'élire à la présidence de la République dans ce livre qui présente le candidat, ainsi que son programme, pour l'élection de... 2037 !

Ce n'est pas qu'Opticon Tessour s'y prenne en avance, c'est que l'action de ce livre se situe en 2033. Pourquoi 2033 ? L'auteur veut sans doute anticiper sur lui-même, être en avance sur son temps. Allez savoir...

En tout cas, tenez-vous prêts, informez-vous, lisez donc le livre d'Opticon Tessour dès maintenant !

Ce livre est la transcription d'un entretien accordé par l'auteur à Pierre Pratlong, du journal « Le cri du poisson rouge ».

Le livre d'Opticon Tessour
« Élisez-moi à l'Élysée ! » (112 pages)
est vendu en ligne sur les sites
comme Amazon, la Fnac, Cultura, etc.,
au prix de 5,99 euros en version papier
et 2,99 euros en version numérique.